·阅读，与最好的自己相遇·

培根散文精选

培根 著
王义国 译

为青少年读者
量身打造的经典读本

长江出版传媒 | 崇文书局

图书在版编目（CIP）数据

培根散文精选 ： 青少版 / （英） 培根著 ； 王义国译 .
武汉 ： 崇文书局， 2025. 6. -- ISBN 978-7-5403-8212
-4

Ⅰ . I561.63

中国国家版本馆 CIP 数据核字第 2025TR9286 号

责任编辑：曹　程　付映莜
责任校对：陈　燕
责任印制：李佳超

培根散文精选：青少版
PEI GEN SANWEN JINGXUAN : QINGSHAOBAN

出版发行：长江出版传媒 | 崇文书局
地　　址：武汉市雄楚大街 268 号 C 座 11 层
电　　话：(027)87677133　　邮政编码：430070
印　　刷：武汉市首壹印务有限公司
开　　本：640mm × 900mm　1/16
印　　张：16.5
字　　数：162 千
版　　次：2025 年 6 月第 1 版
印　　次：2025 年 6 月第 1 次印刷
定　　价：32.80 元

目录

译 序

本书翻译所依据的版本，是欧内斯特·里斯（Ernest Rhys）所编的“万人丛书”（Everyman's Library）版。“万人丛书”版是公认的权威版本，其中奥利芬特·斯米顿（Oliphant Smeaton）所撰写的长篇《导论》是对培根的权威性述评，是学习或者研究培根的必读文章，它对培根的生平、学术成就以及这本《随笔集》都做了十分系统详尽的论述，读者读了之后自会对所论的作者和作品有一个明晰的概念，所以这篇译序也就没有必要面面俱到，而拟着重谈谈译者在翻译过程中的一些体会。

一、站在巨人的肩膀上

在翻译过程中，我经常由衷地慨叹，中外前辈学者为了人类的文化积累，付出了多少辛勤的劳动。里斯的“万人丛书”版，除附有斯米顿的权威性《导论》外，还附有《引用语和外来语索引》（*Index of Quotations and Foreign Words*, *with translation*）和《注释词表》（*Glossary*），前者对本书中所使用的拉丁文引语等做了英文释义，有的还注明引语出处，后者则对本书的难字或者古今词义不同的字做了解释。若没有这两个“工具”的帮助，欲读懂培根的文章，谈何容易?

除“万人丛书”版之外，我还参考了J.麦克斯·帕特里克（J.Max Ptck）编的《弗兰西斯·培根论说文选》（*Selected Essa of Francs Bacon*，美国AHM出版公司1948年版）。这个选本收入了全书五十八篇文章中的五十一篇，外加一篇未完稿。这个选本是编者帕特里克对培根论说文的研究成果，由于是选本，所以注释也就尤见详尽。在每一页的脚注中，除了对引用语和外来语进行考证和解释外，还对某些难句做了释义，也就是所谓的paraphrase。paraphrase，在语言教学上就是“变换措辞”，也就是用不同的话说同一件事情，这既包括词义的选择，也包括搞清楚原句当中各个部分之间的语法关系。所以帕特里克的难句释义极有价值。帕特里克在注释中，还指出了在个别地方培根在用典上“张冠李戴”的错误。如在《论表面上的聪明》一文中，培根把原是昆提利安说的话，当成盖利厄斯说的话。培根的语言，不乏晦涩难解之处，所以我在翻译此书时，除了将帕特里克选本中已有的释义作为注释译出外，也针对个别费解的句子，在注释中加上了我个人的理解，提供给读者参考。

在我国，前辈学者在培根的论说文的翻译和研究上，也付出了辛勤的劳动。一提到培根，人们就立即想到王佐良先生译的《谈读书》（本译本中的《论学业》）一文，此文已成为我国学者翻译外国散文的珍品。它自20世纪60年代问世起，便不胫而走，一时洛阳纸贵。时至今日，大家对《谈读书》中的不少话语仍耳熟能详，引用起来如数家珍。除《谈读书》外，王佐良先生还译有《谈美》和《谈高位》两篇[①]，都是用文言译出的。我对培根的认识，就是从王佐良先生所译的这几篇文章和所做的相关论述中开始的。

在翻译本书的时候，我还参考了水天同先生的译本。据我所知，水天同先生是我国译出《培根随笔集》全文的第一人，他把毕生精力都献给了该书的翻译出版上。坦率地讲，如果没有水天同先生的译本做参考，我怀疑我是否有能力把这本书译出来。

前辈学者对培根所做的研究，也对本书的翻译多有启发。杨周翰先生说："我们读培根的作品，总发现他爱连用两个词来表达一个概念。"[②]表达同一个概念的两个词，自然应是意义相近的词，或者笼统地说是同义词。杨周翰先生的这句话，使我找到了一把理解培根作品的钥匙。

我是怀着深深的钦敬之情，提到上述中外学术界前辈的名字的。他们为人类的文化积累，付出了何等辛勤的劳动，取得了何等不可磨灭的成就！我在汲取了他们的劳动成果之后，才有可能将这

① 王佐良：《英国诗文选译集》，外语教学与研究出版社1980年版。
② 杨周翰：《十七世纪英国文学》，第13页，北京大学1985年版。

个译本奉献给读者朋友。牛顿有一句脍炙人口的名言："如果说我看得更远的话，那就是因为我是站在巨人的肩膀上。"我不敢说我"看得更远"，我自知我的学力与前辈学者无法比拟，但就一本书的翻译而言，我以一个学生的态度，毕恭毕敬地请教了中外学术界前辈学者，则可以说是"站在巨人的肩膀上"。在得益于前辈学者的学术成就的条件下，为读者朋友奉献出一个尽可能完美的译本，是吾辈后学者义不容辞的责任，如此，才谈得上学术的薪火承传。

二、培根和他的《随笔集》

培根是剑桥大学的毕业生。1999年10月22日，江泽民《在英国剑桥大学的演讲》中说："剑桥大学是具有七百多年历史的世界著名学府，曾培养出牛顿、培根、弥尔顿、拜伦、达尔文等对人类进步事业做出杰出贡献的伟大科学家、思想家和诗人。"[①]提起培根，人们自然会想起他的那句名言："知识就是力量。"这句话见于他的《宗教沉思录》中的《论异端邪说》一文。几百年来，这句话不知影响了世世代代的多少人。培根还有一句名言："Nature is only to be commanded by obeying her."[②]钱锺书先生用古文译为："非服从自然，则不能使令自然。"[③]仿钱锺书先生的译文句式，这句话似可

① 《人民日报》1999年10月23日。

② 《新工具》中的"语录第129"。

③ 钱锺书：《管锥编》，第312页，中华书局1986年版。

用白话文译为："非服从自然，则不能掌握自然。"我以为，这句话今天读来，更有振聋发聩的力量。今天在我们这个地球村上，环境失调，资源枯竭，并由此而引发了种种积重难返的社会问题，究其原因，根本的一条就是没有服从自然。我以为，单是为了"非服从自然，则不能掌握自然"这一句话，人类也应该世世代代永远感激培根。

（一）培根是个贪得无厌追求知识和权力的人

先谈培根其人。从斯米顿的《导论》中可以看出，培根一生在宦海中浮沉，既有政绩，也有污点。他曾投机钻营，显赫一时；也曾焦头烂额，身败名裂。英国诗人蒲伯（Alexander Pope，1688—1744）在其哲理诗《人论》（*Essay on Man*）中说："你若爱才，那么就想一想，培根曾经是多么才华照人吧，他是人类中最有智慧、最光辉、最卑鄙的一个。"说说培根"最有智慧"，似乎有点绝对，是文学语言，但说他"最卑鄙"，则是在骂他，实在是言重了。

培根的一些做法确实不可取，所以也历来为人们所诟病。但当时马基雅弗利主义大行其道，即为达政治目的而不择手段，培根本人深受马基雅弗利主义的影响，相信当时像培根一样"失足"者，恐怕不止他一人。其实，培根本人已对官场当中的钩心斗角感到疲惫不堪。他在《论高位》一文中说道："职位的升迁是费力的，而人们吃尽了辛苦，却又获得了更大的辛苦；职位的升迁有时是可鄙的，人们是通过有失尊严的手段而成了显贵要人。”倘若培根没有那些惨痛的教训、痛切的体会，这本文集中的许多文章他恐怕根本写不出来，或者即使写了也不会那么深刻。

有关培根与马基雅弗利主义的关系，杨周翰先生有过精辟的论述。杨周翰先生在评论培根的《散记》（*Comment arius Solut us*，1608）一书时指出："为了实际，可以不顾一般的所谓道德，不择手段，这是典型的文艺复兴时期的时代精神。这种精神在培根出生前三十年就已经由马基维里（按：即马基雅弗利）理论化了。"[①]

本文无意全面评价培根在为政方面的功过——那应该是历史学家的工作。不过如果仿蒲伯的做法，用文学语言来形容培根的话，倒不如把他比作浮士德似的人，也就是贪得无厌地追求知识和权力的人，当然，最科学的看法，是把他看作文艺复兴时期的一位人文主义者。恩格斯在《自然辩证法》一书的《导言》中说，最杰出的人文主义者是"在思维能力、热情和性格方面，在多才多艺和学识渊博方面的巨人"。培根就是这样的一位巨人。

培根是人文主义在哲学上的主要代表人物之一。斯米顿在《导论》中援引麦考利的话，说培根离开剑桥大学的时候，"他对让亚里士多德的信徒们耗费了才智的那些无价值的东西，怀有一种有理

---

①《十七世纪英国文学》，第6页。

由的鄙视，而且对亚里士多德本人也绝非毕恭毕敬”。朱光潜先生对此解释说：“由于重视观察和实验，培根攻击长期统治西方的亚里斯多德（按：即亚里士多德）的偏重演绎法的形式逻辑，指出由个别事例上升到一般原则的归纳法更有助于科学发明。”[①]马克思和恩格斯在《神圣家族》中称培根为“英国唯物主义和整个现代实验科学的真正始祖”。杨周翰先生对此做了说明：“这个萌芽思想（按：即离开剑桥时对亚里士多德的看法）后来就发展成《伟大的复兴》（*In stau ratio Magna*）……所谓‘伟大的复兴’指的是科学的重振，尤其是科学方法的重建。培根1620年（在《新工具》里）宣称，他的《伟大的复兴》将包括六个部分：……六个部分的中心思想就是从自然实际出发，重实验，运用归纳法。马克思称他为‘整个现代实验科学的真正始祖’，正是指这一点。”[②]

《伟大的复兴》是广义上的哲学著作。第一部分先是用英文写成，题为《学术的推进》，后又用拉丁文扩充，更名为《科学的尊严与增进》，凡九卷。这一部分讲的是“科学的分类”。第二部分就是《新工具》，也是用拉丁文写的，探讨了“有关对自然的阐释的真正的方向”，讲的是归纳法，这是他全部哲学思想和方法论的核心。第三部分是“自然史”，见于他死后出版的《林木篇》（1627），此书并没有写完。第四部分要讲的是“智力的阶梯”，

---

① 朱光潜：《西方美学史》上卷，第202页，人民文学出版社1979年版。

②《十七世纪英国文学》，第2~3页。

旨在论证对他的方法的应用，但这一部分只写出了一个序言。第五部分是“对这个新的哲学所做出的种种预见”，但这一部分只写出了一些片段。第六部分是归纳所得的结论，但这一部分却没有遗稿。

培根的这个宏大的设想并没有全部实现，六个部分也只完成了前两个部分，即第一部分《学术的推进》和第二部分《新工具》。而且严格地讲，《新工具》也并没有完全写完。《学术的推进》和《新工具》现已公认为是西方哲学中的名著了，清华大学还将《新工具》列为向学生推荐的“世界文化名著二十种”当中的一种。

在培根的其他著作中，《亨利七世史》是哲学式的历史写作的典范，《新亚特兰蒂斯》是一本未完成的哲理小说。《新亚特兰蒂斯》是培根心目中的理想国，书中描绘的一个进行集体研究的科学院式的“所罗门院”，成为后来建立的英国皇家学会的蓝图。杨周翰先生说：“17世纪英国三大哲学家培根、霍布斯和洛克，在哲学成就上，培根和洛克比霍布斯大，霍布斯对以后西方哲学的影响不如培根和洛克；从散文角度看，培根和霍布斯比洛克重要。”[①]从杨周翰先生的这一段论述，可以看出培根所取得的成就之大。

培根是一个贪得无厌地追求知识和权力的人，这只是一种比喻。不过从这个比喻来看，可以说培根在对权力的追求上失败了，

---

①《十七世纪英国文学》，第233页。

但在对知识的追求上，他却获得了成功。由于他在追求知识上所获得的成功，人类有幸获得了一份宝贵的文化遗产。

（二）《随笔集》—— 一部博学、智慧、大手笔的书

培根的《随笔集》写了大致三十年的时间，直到去世前的那一年还在修订，可以说是凝聚了他毕生的心血。这本书的副标题是：在世俗上和道德上的忠告。“这些文章以贵族和资产阶级上层读者为对象，谈论哲学、宗教、政治制度和国家以及处世、修身、养性等问题。”[①]这本书“也是一本为进入仕途的青年的必读书”“可以看作是一部培养新贵族的教科书”[②]。不过培根的这些忠告，有价值处固然很多，但也有一些迂腐之见，有一些论述难以令人接受。例如，他在论述处世接物的文章中肯定自私自利、尔虞我诈的资产阶级道德标准，孟子说：“尽信《书》，则不如无《书》。”培根本人也说：“完全按照书本上的规则来进行判断，则是学者的怪癖。”[③]对书中所言，读者自会正确对待。

培根的《随笔集》是一本篇幅不大的书，但又是一本博大精深的书，有如一部二十四史。它有三个特点。

第一，这是一部博学的书。

---

①《欧洲文学史》上卷，第161页。

②《十七世纪英国文学》，第19、179页。

③ 见《论学业》。

培根本人就是一位博学之士。早在1592年，他三十一岁的时候，培根就在给他的姨夫、权倾朝野的伯利勋爵的信中说：“我是把一切知识都看作我的研究领域。””在这本《随笔集》中，培根往往旁征博引，而他的用典之广，可以说是涵盖了人们所能想到的一切知识：政治、经济、军事、文学、史学、哲学、神话、宗教、伦理、天文、地理、民俗。有的篇目则是专论，如建筑学之《论建筑》篇，植物学之《论园艺》篇，法学之《论司法》篇。再如，《论美》就是一篇重要的美学文献。在引经据典的同时，培根给我们灌输了大量的知识。

当然，培根在运用知识上也有他的固执之处。例如，早在培根出生之前，哥白尼（1473—1543）已经创立了太阳是宇宙的中心的日心说，推翻了公元2世纪时古希腊天文学家托勒密的地心说，可培根仍多次用托勒密的天动说亦即地心说来阐发他的思想。我们知道，地球并不是宇宙的中心，正如随着现代天文学的发展，我们也知道太阳也并非宇宙的中心一样。人类对大自然的认识是逐步深化的，不论是地心说还是日心说，应该说都是代表了当时人们认识的最高水平。至于教会利用地心说来桎梏人民的思想，那应该不是托勒密的责任，因为在托勒密生活的公元2世纪，基督教才诞生不过几十年（基督教兴起于公元30年前后），远没有以后那么强大的权力。培根对地心说的运用，使我们得以对曾经统治了西方一千多年托勒密的学说多少有所了解。我以为，从获取知识的角度来说，我们倒应该感谢培根向我们介绍了——哪怕是片段地介绍了——大名鼎鼎的托勒密的学说，我本人就是好奇地了解到，原来古人对天体是这种看法。

培根的一句话，有时就是一个大学问。上面说的是天文，这里再举一个地理上的例子。在《论事物的盛衰浮沉》中培根说，公元前6世纪的梭伦就被一位埃及祭司告知，亚特兰蒂斯被一场地震吞没了，亚特兰蒂斯是传说中的岛屿，据说位于大西洋直布罗陀海峡以西，后沉于海底。这固然是传说，但同时也向现代考古学提供了可贵的信息：是否远在公元前四五千年时的四大文明古国以前，就存在着一个高于我们的文明?是否亚特兰蒂斯就是那个失去了的文明?今天，考古学家们正在对此进行着顽强的探索，而且也并非没有最终解开这个奥秘的可能。我们都知道，荷马史诗所描写的那场特洛伊之战，就已被考古发掘所证实。

培根说："史鉴使人明智。"[①] 在这本《随笔集》中，培根使用了大量的史实来佐证他的论点，其中有叱咤风云的历史人物，也有影响重大的历史事件。读他的这本《随笔集》，不时令人觉得风云变幻的历史扑面而来，从而顿生历史沧桑之感。

在这本《随笔集》中，培根对古希腊、罗马文化和《圣经》这两个方面的征引最多，运用得也最出神入化。原因也很简单，培根

---

① 见《论学业》。

像所有的西方人一样，也深受古希腊、罗马文化和《圣经》文化的影响。

之所以把古希腊、罗马文化并列，是因为罗马文化与古希腊文化一脉相承，是对古希腊文化的模仿和继承。“古希腊、罗马同是欧洲文化的发源地……在思想意识、国家制度、科学文化等等方面，现代欧洲和古希腊、罗马之间都存在着千丝万缕的继承关系。”[①]也就是说，在那“等等方面”，现代社会的一切几乎都可溯源到古希腊，所以有“言必称希腊”之说。

《圣经》由《旧约》和《新约》两部分组成。《旧约》是希伯来人（分为以色列和犹太部落）古代文献的汇编，内容包括公元前13世纪至公元前3世纪之间民间流传的历史传说、战歌、爱情诗歌、先知的言行录、法律、宗教教条和戒规等，成为犹太教的经典。这些作品大部分用希伯来文写成，其后又译成希腊文，其中有一部分是亚洲西部的优美的文学。《新约》则成于基督教兴起之后（公元一二世纪），包括有关耶稣言行的传说、耶稣使徒的传说和书信，用希腊文或希伯来文写成。基督教会把《旧约》和《新约》合为一书，称为《圣经》。《圣经》虽然是亚洲宗教文献，但随着基督教势力的扩张，在宗教改革时期又被精心译成各国文字，对欧洲社会思想和文学产生了深远的影响。”[②]由此，古希腊、罗马文化和《圣

① 《欧洲文学史》上卷，第11页。
② 《欧洲文学史》上卷，第80～81页。

经》文化在世界文化史上的重要地位也就不言而喻。

有关古希腊文化，我想谈谈这本《随笔集》在对其运用上的一些特点。马克思指出："希腊的神话和史诗是发展得最完美的人类童年的产物，具有永久的魅力。"[①]在这本《随笔集》里，我们看到了众多的希腊神话中的神，而这些神又大多有两个名字，一是希腊文名字，一是拉丁文名字。所以在这本《随笔集》里，培根有时把众神的希腊文名字和拉丁文名字混用。而且有的人也有两个名字，尤西斯就是荷马史诗《奥德赛》中的英雄奥德修斯的拉丁文名字。书中涉及一些动人的故事，有些故事，如导致特洛伊战争的"不和的金苹果"，自然是早已家喻户晓；有些故事虽不那么著名，但也同样重要，如埃涅阿斯，他在特洛伊沦陷后，背父携子逃出火城，经长期流浪，到达意大利，据说其后代就在那儿建立了罗马，古罗马诗人维吉尔据此写出了史诗《埃涅阿斯纪》。在这本《随笔集》里，我们还看到了灿若群星的古希腊、罗马学者。书中所涉及的人物，自然有大名鼎鼎的哲学家苏格拉底，他的学生柏拉图，柏拉图的学生亚里士多德，以及寓言作家伊索。所涉及的其他人，也都是人类文明史当中有影响的人物。有古希腊怀疑论者皮浪，古希腊讽刺作家卢奇安，古罗马诗人、哲学家卢克莱修，古罗马哲学家、剧作家塞内加，古希腊传记作家普鲁塔克，古罗马历史学家塔

① 《欧洲文学史》上卷，第13页。

西佗，克制苦修的古希腊斯多葛派学者、古罗马讽刺诗人尤维纳利斯，“希腊七贤”之一泰利斯，最早提出社会契约说的古希腊哲学家伊壁鸠鲁，古希腊雄辩家狄摩西尼，古罗马诗人卢坎，古希腊哲学家、物质的原子论的首创者莱欧西帕斯，古希腊唯物主义哲学家、原子论创始人之一德谟克利特，古希腊诗人戴亚格拉斯，古罗马演说家、哲学家西塞罗，古希腊哲学家、数学家毕达格拉斯，古希腊、罗马的女预言家西比尔，古罗马作家盖利厄斯，古希腊智者派亦即诡辩派的代表人物普罗泰哥拉，古希腊哲学家、诗人、医生恩培多克勒，古希腊唯物主义哲学家、辩证法奠基人之一赫拉克利特，古希腊政治家、诗人梭伦、公元1世纪罗马百科全书编纂者塞尔苏斯，古罗马历史学家李维，古罗马政治家、拉丁散文文学的开创者大加图，古希腊修辞学家赫莫吉尼斯，古罗马演说家霍顿西乌斯，古希腊画家阿帕莱斯，古希腊医师、生理学家和哲学家盖仑，古罗马作家小普林尼，等等，在他们面前，我不禁慨叹，在发展得最完美的人类童年时期，也就是古希腊，包括继承了古希腊文化的古罗马，人们的想象力是多么丰富而奔放，思维是多么深邃而开阔，个性又是得到了多么不羁的张扬。

有关《圣经》，我想换一个角度，着重谈谈它的影响。对西方文化产生最大影响者，当然首推古希腊、罗马文化，而在古希腊、罗马文化衰退以后，则当推《圣经》文化。这自然是由于教会垄断中古文化所致。直到“文艺复兴”时期，古希腊、罗马文化重新受到重视，教会对文化的垄断才被打破。但《圣经》在西方文化上的影响早已确立，也就必然继续影响着西方文化，直到今天。

在文学上，一代代作家采用了《圣经》中的故事和人物，创作出了大量传世之作。其著名者有弥尔顿的《失乐园》《复乐园》和《力士参孙》，拜伦的《该隐》等。在风格上受其影响最大的，当属班扬的《天路历程》。长期以来《圣经》已经成为讲英语的人的共同的文化遗产，所以文学作品中的虚构人物动辄引用《圣经》中的话，也就司空见惯，这尤其见于狄更斯的《荒凉山庄》和塞缪尔·巴特勒的《众生之路》，不过就这两本书而言，书中人物对《圣经》的引用有时是夸张的。“当然，《圣经》的影响绝不止于文学语言。可能直到20世纪，它一直起着一部教科书的作用，是每个人的教育的组成部分，不论他是一般老百姓也好，以至哲学家、革命家也好……有的人一生没有读过其他的书，只读过《圣经》，或者说他们受到的书本教育主要是从《圣经》中来的，即所谓‘读一本书的人’（man of one book），据说17世纪英国作家班扬和美国总统林肯就是这样的人。”[①]

培根对古希腊、罗马文化和《圣经》文化以及其他方面的知识的运用，使得这本《随笔集》成为一本博学的书。读一本书也许并不能使人博学，但读培根的这本《随笔集》，则一定会有助于人们

①《十七世纪英国文学》，第19页。

成为博学的人。

第二，这是一本智慧的书。

培根还著有《古人的智慧》一书，解释了古典寓言和古典神话的寓意，这说明培根对人类的智慧有深厚的积累。培根是哲学家，这本书的副标题是“忠告”，这些忠告自然不乏富有哲理的智慧。培根善用比喻，用词精练，往往以警句的形式说明他的道理，所以他的一些睿智的话语令人过目难忘。再者，他的一些智慧在今天并未过时，而且能引起人们的强烈共鸣，这本书的经久不衰的生命力也就在于此。

这本书的智慧，可以用引语来说明。他的睿智的话语俯拾皆是，有的篇目，如《论学业》，可以说是句句都有哲理，举不胜举，这里仅举数例。

在《论真理》中，培根说：“诗人说谎，是因为谎言带来愉快。”这实在是一句饱含着智慧的话，我们不也说，诗歌是美丽的谎言吗?

谈到爱情，培根引用古人的话说：“又要恋爱又要明智是不可能的。”[①]读之令人忍俊不禁。谈到婚姻，培根说：“妻子是青年人的情人，中年人的伴侣，老年人的保姆。”[②]我相信，如果明白这个道理，每一对夫妇都能白头偕老。

---

① 见《论爱情》。此篇本书未收录。

② 见《论结婚与独身》。此篇本书未收录。

谈到金钱，培根说："金钱好似肥料，不散发开来就没有用处。"[①]培根这儿讲的是治国之道，也就是不让国内财富聚集在少数人手中。大致说来，这句话也不无道理。我们就常说，金钱是身外之物。

在《论谈判》中，培根说："在一切有难度的谈判中，不可指望能同时既播种又收获。"明白了这个道理，我们在求职的时候（求职可以看作广义上的谈判），就不会沉不住气。

人生不可能一帆风顺。"如果他从容地原谅和宽恕别人的冒犯，那就表明他的头脑是被置于伤害之上的，因而他就不能被伤害射中。"[②]我以为，在人生的道路上，这不失为一种可取的哲人态度。

不再列举了。读者在读这本书的时候，自会自己挖掘这个智慧的宝库。

第三，这是一本大手笔的书。

有关培根在文学上的造诣，我拟引用我国前辈学者的权威性的论述来予以说明。

杨周翰先生说："19世纪浪漫派批评家科勒律治把泰勒和莎士比亚、培根、弥尔顿并列为早期英国文学里的四大天才。"[③]

---

① 见《论反叛和动乱》。此篇本书未收录。

② 见《论善与性善》。

③《十七世纪英国文学》，第209页。

培根的文章怎么引人入胜?“琼生有一段话评论培根演说，说得很好。他说：‘若论说话干净、准确、有分量、最不空洞、最没有废话，谁也比不过他……听众不能咳嗽，不能回首他顾，咳嗽一下或回一下头，必有损失……每个听他演讲的人唯恐他结束’”[①]

有关培根的风格特点，王佐良先生有一段精彩的论述，拜读以后，觉得实难割舍其中的任何一个部分，故全文引证如下。王佐良先生说：“培根本人喜欢用拉丁文写他认为重要的著作，以为这样才可为全欧洲的学者所知，而且可垂久远。这也是他未能摆脱同时代文人的积习的一端。其实他是很会运用本国文字的。有两种风格并存于他的文章中：有时简约，有时繁复。但不论何体，他总以准确达意为目的，文章总是条理分明，论点清楚。但是如果以为培根只有冷静的智慧而无热情的诗意却是错了：他对于推进科学是充满热情的，在谈到人类征服自然的前途时真是雄辩滔滔；他的文笔也不时闪耀着诗情，而且正因为他的文章饱含着智慧，一般是朴素的，在这样的环境下，诗情一出现，就显得特别美丽，令读者的眼睛为之一亮，对于文章意义的体会也就特别深刻了——总之，绝不是那种仅仅写来为装饰与炫耀的浮华辞藻。正因为如此，他才能做到马克思所说的，使‘物质以其诗意的感性光泽对人全身心发出微笑’。诗人雪莱在谈到培根的随笔《谈死》（按：亦即《论死

---

①《十七世纪英国文学》，第12页。

亡》）的时候，还曾赞叹地说：‘培根勋爵是一个诗人。’（《诗之辩护》）”[1]这本《随笔集》是培根的主要文学著作，他的风格特点在这里表现得也最为显著。

诗人雪莱赞叹说，培根是诗人，这不由令我们想起了那个“莎士比亚作品实为培根托名所著说”。此说开始于19世纪中叶，根据有二：一是在莎士比亚剧作中的所谓的内在证据，即所展现出来的知识和所使用的词汇；二是外部条件，即莎士比亚本人的生平并不清楚，而且一个农夫的儿子（一般认为，莎士比亚的父亲约翰是沃里克郡的一个自耕农）不大可能拥有这样精湛的创作才能。当然，莎士比亚的作品到底是莎士比亚本人所作，还是培根所作，这是一个永远也不大可能达成一致意见的学术争论问题。不过我觉得，以培根在《随笔集》中所展现出的大手笔来看，培根是有能力写出莎士比亚的作品的。

培根用他的著作，为人类进步事业做出了杰出的贡献。按照斯米顿的说法，这本《随笔集》初版一问世，就几乎成了一本划时代的书。何为划时代?举例言之，达尔文的《物种起源》就是一本划时代的书。斯米顿还认为，这本《随笔集》还是一本世界性的书，不是为一个国家而作，而是为世界而作，不是适应于一个时代，而是适应于所有的时代。这一点，已被几百年的历史所证实。而且，我

①《英国诗文选译集》，第3页。

实在看不出，未来的世世代代的人，竟还会有不看这本书的理由。所谓不朽，也就是能与时间相抗衡。这本《随笔集》，就是一本能与时间相抗衡的书。

王义国

2009年12月

培 根 散 文 精 选

在世俗上和道德上的忠告

读书为学，为的是获得快乐，增添光彩，获得才能。

获得快乐，最见于独处和隐居之时；

增添光彩，最见于高谈阔论之时；

获得才能，最见于对工作进行判断和处理之时。

论真理

“何谓真理？”戏弄人的彼拉多[①]说道，而又不愿意等人家做出回答。当然有这样一些人，他们乐于变化无常，并且认为确定一种信念就是蒙受一种束缚，因而不但在行动上，而且在思想上，他们都以获得自由意志为目的。尽管那种哲学家的种种学派[②]已经消亡，然而喜好东拉西扯的才子却大有人在，他们与古人有着相同的血统，尽管与古人相比，他们的血管里并没有那么多的血。然而谎言之所以博得人们的欢心，并不仅仅是在于，人们在发现真理的过程中会遇到困难和需要做出努力，也不仅仅是在于，真理一旦找到，也就对人们的思想施加了影响，而是在于，人们对谎言自身有一种

---

① 彼拉多（Pontius Pilatus，？—41），26—36年间任罗马帝国驻犹太撒玛利亚和以土米亚的总督，主持对耶稣的审判并下令把耶稣钉死在十字架上。“何谓真理”是彼拉多对耶稣所做的询问，见《圣经·约翰福音》第18章第38节。在本文的拉丁文文本中，彼拉多被称为derisor，意为嘲弄的人或者挑剔挖苦的人。彼拉多代表了犬儒主义的怀疑论，与耶稣相对立，耶稣代表的是真理。

② 那种哲学家指以皮浪（Pyrrho，约前365—约前275）为代表的古希腊的怀疑论者，也就是不可知论者。

天生的、尽管是堕落的爱。希腊哲学家后来的一个学派有人[①]曾研究了这个问题，却又感到茫然，不知人们竟会喜欢谎言，其中有何奥妙？须知诗人说谎，是因为谎言带来愉快[②]，商人说谎，是因为谎言带来利益，而人们却是为了说谎而说谎。不过我也说不出个所以然来。真理是赤裸裸而不加掩饰的日光，在这种日光中上演假面剧、哑剧和世上的凯旋式，远不及在烛光中壮观和高雅。也许真理可以和珍珠同价，珍珠在白天样子最好看，但它却不会价格上涨，和在五颜六色的光线之中最好看的钻石或者红宝石同价。称作谎言的那么一种混合物确实总是增加愉快。如果把那些自负的见解、悦人的希望、虚假的评价、随意的想象之类从人们的脑子里清除出去的话，那么在若干人的脑子里所剩下的，也就会是可怜的缩小了的东西，充满了忧郁和厌恶，令他们自己也感到不愉快，难道还有谁怀疑这一点吗？早期的一位神父[③]曾非常严厉地把诗歌称之为“魔鬼之酒”（vinum daemonum），因为诗歌把想象给占据了，然而诗歌又只不过是谎言的幻影而已。不过造成伤害的，又并不是在头脑中经过的谎言，而是在头脑中落下并安顿起来的谎言，这一点我们前面已经提及。但无论这些事情是怎样存在于人们堕落的判断和感情

① 指古希腊讽刺作家卢奇安（Lucian，约125—约192），亦译琉善。

② 培根是在其最广泛的意义上使用了“谎言”一词，虚构性写作亦在“谎言”之列。

③ 大概指基督教哲学家奥古斯丁（Aurelius Augustinus，354—430），亦译“奥斯定”。他称诗歌为“错误之酒”。

之中，然而真理，由于它只判断自身，也就教育人们，探索真理，认识真理，相信真理，是人性的至善。所谓探索真理，也就是向真理的求爱或者求婚；所谓认识真理，也就是真理摆在我们的面前；所谓相信真理，也就是在真理中发现乐趣。上帝在创造天地的那几天里，所创造出来的第一件东西就是感觉之光①；所创造出来的最后一件东西就是理性之光②；而从那以后，他在安息日③所做的工作，就是以他的圣灵昭示世人。他先是把光吹在物质或者说是混沌的表面上，然后把光吹在人的脸上，如今他仍然把光吹在他的选民的脸上，让他的选民吸入。有一个学派若不是得益于一位诗人的美化的话，就会逊色于别的学派，那位诗人④所言极是：“站在岸上看船只在海上颠簸是一件乐事，站在城堡的窗口看下面的战斗以及其中的冒险也是一件乐事，但无与伦比的乐事，则是站在真理的有利地位上。”（也就是站在一座高出一切的山上，那儿的空气总是明净清澈的）“看着在下面的山谷里生灵的游荡和徘徊、雾气和风雨”，

---

① 参见《旧约·创世记》第1章第1~3节：“起初，神创造天地。地是空虚混沌，渊面黑暗；神的灵运行在水面上。神说‘要有光’，就有了光。”这儿的光即感觉之光。

②《旧约·创世记》第1章第26~31节讲上帝造人，要人管理万物。理性之光当即指此。

③ 安息日，亦称主日。基督教徒大都以星期日为安息日。《旧约·创世记》第2章第3节：“神赐福给第七日，定为圣日。”

④ 那位诗人指古罗马诗人、哲学家卢克莱修（Titus Lucretius Carus，约前99—约前55）。卢克莱修是给伊壁鸠鲁学派（Epicureanism）的哲学家群体增添光彩的人，伊壁鸠鲁学派主张人生的目的就是追求欢乐。

只要在观看的时候要总是心怀怜悯，而不是神气活现、得意忘形就可以。无可否认，若是一个人的头脑以仁爱为动机，以天意为归宿，以真理为地轴而转动，那么这个人就是生活在人间的天堂里了。

以上谈了神学上的真理和哲学上的真理，现在谈谈世俗事务上的真理。人们会承认，甚至那些不实践于此道的人也会承认，待人坦白诚实是人性的光荣，而真假相混则像金币和银币中的合金状态一样，那种合金状态使金、银两种金属使用效果更好，却降低了该金属的成色。须知这些蜿蜒曲折的做法，就是蛇的爬行，蛇不是用脚，而是可鄙地用肚皮走路的。[①]最令人蒙受耻辱的邪恶，就是被人发现不诚实和不忠贞。所以指责一个人说谎，就会使他颜面丢尽，面目可憎。何以如此？蒙田在探究其原因时，说出了恰如其分的话。他说："如果好好斟酌一下的话，那么说某人说谎，也就等于说他在上帝面前是个勇士而在凡人面前却是个懦夫。"[②]因为谎言是面对着上帝而躲避着世人的。据预言，当耶稣重临的时候，"他必定在世上找不到信念"[③]，所以说谎和失信，就一定是为了请上帝来审判全人类而敲响的最后的钟声。无疑，这可能是把说谎和失信的邪恶表达到了极致。

---

①《旧约·创世记》第3章第14节："神对蛇说：'你既做了这事（指引诱亚当和夏娃吃禁果），就必受咒诅……你必用肚子行走，终身吃土。"

② 蒙田：《随笔集》第2卷。

③ 参见《新约·路加福音》第18章第8节："但是，人子来临时，能在世上找到信德吗？"

论死亡

人们害怕死亡，就像儿童害怕在黑暗中行走一样；而且儿童听到的故事越多，其天生的恐惧也就越大，人们对于死的恐惧亦复如是。当然，把死亡看作罪孽的报应[①]和通往另外一个世界的旅程，是圣洁而虔诚的，而把死亡看作应向大自然进贡的贡品而惧怕之，则是软弱的。然而在宗教的默想之中，有时却混杂着虚荣和迷信。在某些托钵修会修士的禁欲书里，你一定会读到这样的话：人自己会想到，如果他只不过是指头尖受到挤压或者折磨，那是多么痛苦，因而他也会想象到，当死亡之时，整个躯体都腐烂了、消解了，那又是何等的痛苦。而实际上，在许多情况中，死亡的痛苦要小于一个肢体所受到的折磨；因为维持生命的最重要的器官，并不是感觉最敏锐的器官。有一句话说得很好，是一个人[②]仅仅以哲学家和凡

---

① 参见《新约·罗马书》第6章第21节："你们现今所看为羞耻的事，当日有什么果子呢？那些事的结局就是死。"又第23节："罪的工价乃是死。"

② 指古罗马哲学家、政治家和剧作家塞涅卡（Seneca，约前4—后65）。塞内加是罗马皇帝尼禄的老师，因受谋杀尼禄案的牵连而自杀。其哲学著作有《论短促的人生》《论神意》《论道德的书简》等，悲剧有《美狄亚》《俄狄浦斯》等9种。

人的身份说的："使人们害怕的，是死亡的装饰品，而不是死亡本身。"（Pompa mortis magis terret quam mors ipsa.）呻吟声和抽搐以及变了色的面孔，朋友们的哭泣，黑色的丧服和葬礼以及诸如此类，都表明死亡是可怕的。值得注意的是，人的头脑中的每一种强烈情感都并不软弱，而是都足以压倒和控制对死亡的恐惧；因而，既然一个人的身边有这么多的侍从能够打败死亡，那么死亡也就绝非如此可怕的敌人了：复仇心令人战胜死亡，爱令人蔑视死亡，荣誉感令人追求死亡，悲伤令人飞向死亡，恐惧令人全神贯注于死亡。不仅如此，我们还在书中[①]读到，在奥托皇帝自杀以后[②]，怜悯（这是最温柔的感情）导致许多人死去，而这又仅仅是出于对他们的君主的同情，以及要做最为忠实的臣仆。不仅如此，而且塞内加还把挑剔和厌倦增加了进去："想想吧，同样的事情你做了多么长的时间：不但勇敢的人和不幸的人会想死，而且厌倦的受害者也会想死。"（Cogita quamdiu eadem feceris；mori velle，non tantum fortis，aut miser，sed etiam fastidiosus potest.）一个人尽管可能并不勇敢，也非不幸，但仅仅是因为对反复做同一件事情感到厌倦，

①指普鲁塔克的《希腊罗马名人传》。普鲁塔克（Plutarch，约46—约120），古希腊传记作家、散文家。

②奥托（Otho，32—69），罗马皇帝，他于69年由近卫军拥戴称帝后不久，即被驻莱茵河地区的古罗马军团司令维太利乌斯（Vitellius，15—69）所打败而自杀。维太利乌斯受手下士兵拥戴而称帝，但不久又被韦斯巴芗所打败。韦斯巴芗（Vespasianus，9—79），古罗马弗拉维王朝的创立者。

也会想去死。同样值得注意的是，在出色的人身上，死亡的到来所造成的改变是非常之少的，因为他们似乎到最后一刻仍是依然故我。奥古斯都 · 恺撒[①]死的时候说了一句赞美的话：“永别了，利维亚[②]，要记住我们的婚姻生活，活下去吧。”（Livia，congjugii nostri memor，vive et vale.）按照塔西佗[③]对提比略[④]的说法，提比略死的时候仍然掩饰自己的感情：“提比略的体力迅速衰退，但他作伪如故。”（I am Tiberium vires et corpus，non dissimulatio，deserebant.）；韦斯巴芗死的时候坐在凳子上，说了一句俏皮话：“我想我正在变成神。”（Ut puto Deus fio.）加尔巴[⑤]临死的时候说了这么一句：“砍吧，如果这有益于罗马人民的话。”（Feri，si ex re sit populi Romani.）同时伸颈就死。塞普蒂米乌斯 · 塞维鲁斯[⑥]临死的时候还在处理事务：“要是还有要我做的事情，那就准

① 奥古斯都·恺撒（Augustus Caesar，前63—后14），古罗马帝国的第一代皇帝，恺撒的继承人。原名屋大维，元老院奉以“奥古斯都”拉丁文意为“神圣的”“至尊的”的尊号。

② 利维亚（Livia，约前56—后29），奥古斯都的妻子，遂成为第一位罗马皇后。

③ 塔西佗（Publius Cornelius Tacitus，约55—约120），古罗马元老院议员、历史学家，主要著作有《历史》《编年史》，现仅存残篇。

④ 提比略（Tiberius，前42—后37），是利维亚与前夫生的儿子，奥古斯都去世后继位，是罗马帝国的第二代皇帝。

⑤ 加尔巴（Galba，前3—后69），古罗马皇帝，被禁卫军杀死。

⑥ 塞普蒂米乌斯 · 塞维鲁斯（Septimius Severus，约146—211），古罗马皇帝，病死于埃博拉库姆。

备好。”（Adeste si quid mihi restat agendum.）以及诸如此类。无可否认，斯多葛派学者[1]给死亡赋予了太多的可资思考之处，由于他们为死亡做了大量的准备，也就使得死亡更为可怕。还是他[2]说得好：“他把生命的结束看作大自然的恩惠之一。”（Qui finem vitae extremum inter munera ponat Naturae.）死亡是正常的，正如出生是正常的一样，而对幼小的婴儿来说，也许死亡与出生是同样的痛苦。在热切的追求中死亡的人，就像一个在情感强烈的时候受伤的人一样，他一时间几乎感觉不到疼痛；因而，执着地致力于某件有益的事情的人，也就确实避开了死亡的忧伤[3]。尤其是，请相信，当一个人达到了有价值的目的、实现了有价值的期望的时候，那么最甜蜜的圣歌就是：“主啊！如今可以照你的话，释放仆人安然去世。”（Nunc dimittis.）[4]死亡还有一点，也就是它打开了通向好的声誉的大门，熄灭了嫉妒之火。“同一个人——一死了就有人爱了。”（Extinctus amabitur idem.）

---

① 斯多葛派学者（Stoics）是古希腊哲学家芝诺（Zeno，约前336—约前264）的信奉者，认为美德弥足珍贵，人应具有理性，克制情感，坚忍苦修。因芝诺讲学处为柱廊（stoa），故亦称柱廊派。

② 指古罗马讽刺诗人尤维那利斯（Juvenalis，约60—约140）。尤维那利斯传世讽刺诗16首，抨击皇帝的暴政，讽刺贵族的荒淫和道德败坏。

③ 这句话也就是说，专注于事业的人，也就无暇顾及死亡的悲痛。

④ 语见《新约·路加福音》第2章第29节。

论报复

报复是一种野草般的正义，人性越是接近于它，法律就越应该将其锄掉。因为就最初的伤害而言，它不过是确实违反了法律，但对那个伤害所做的报复，却是剥夺了法律的职责。无可否认，在进行报复的时候，一个人只不过是与他的敌人两清，但在原谅的时候，却是胜过一筹，须知宽恕是君王的本色。我确信所罗门有言："宽恕人的过失，便是自己的荣耀。"[①]过去的事情已经过去了，不可挽回了，而明智的人则是有足够的事情要做，来处理当前和将来的事情：因而那些为过去的事情而苦恼的人，也就只不过是把自己当儿戏而已。谁也不会为了作恶而作恶，而是为了通过那个手段，来为自己换得利益或欢乐或荣誉以及诸如此类的东西。因而，我又为什么应该因为一个人爱自己胜过爱我而生他的气呢？如果有人纯粹因为心眼坏而作恶，那又怎样？那只不过是就像荆棘或者蔷薇一

① 见《旧约·箴言》第19章第11节。

般，它们之所以刺戳抓搔，是因为做不了别的事情。最可容忍的那种报复，是对那些没有法律可以予以补救的伤害所做的报复：不过这样一来，也要让人留神，他的报复须是不会遭到法律的惩罚的那样一种，否则，他的敌人仍然是处于有利地位，那就成了二比一[①]。有些人，当他们进行报复的时候，渴望让对方知道那报复是从何处而来的。这是更为慷慨大度的报复，因为其中的痛快之处与其说是在造成伤害，毋宁说是在令对方悔悟。但卑劣狡猾的懦夫却像在黑暗中飞行的箭。佛罗伦萨公爵科西莫[②]针对背信弃义的或者疏忽大意的朋友，说了一句绝望的话，就好像那些过失是不可原谅的一般："你一定会在书里读到，"他说，"我们应该宽恕我们的敌人，但你永远也不会读到，我们应该宽恕我们的朋友。"然而约伯的精神却是更高一筹，他说："难道我们从神手里得福，却又对也受祸感到不满吗？"[③]推及朋友，亦当如斯矣。这一点是肯定的：一个念念不忘报复的人，也就使他的伤口不得痊愈，而如果不是这样的话，伤口就会愈合完好。公仇的报复总的来说是带来好运的，例如为恺

① 意即：否则的话，敌人只受到一次伤害，而报复者则是受到两次伤害，即原先受到的伤害和由于他的报复而受到的法律惩罚。

② 科西莫·德·美第奇（Cosimo de Medici，1389—1464）。他是意大利银行家、富豪、文艺保护人，开创美第奇家族对佛罗伦萨的统治，创建美第奇图书馆。

③ 参见《旧约·约伯记》第2章第10节。约伯是《圣经》故事中的人物，虽备历危难，仍坚信上帝。

撒之死、为珀提奈克斯之死、为法王亨利三世之死[①]，以及为还有许多人的死亡所进行的报复，即属这种情况；但私仇的报复却非如此。不仅如此，而且有报复心的人过的是女巫的生活，而女巫由于是引起烦恼的，所以结局也是不幸的。

① 恺撒的部将马可·安东尼和奥古斯都替恺撒报了仇，结果奥古斯都成了罗马帝国的第一代皇帝。反叛者于193年谋杀了古罗马皇帝珀提奈克斯，又被塞维鲁斯处死，塞维鲁斯随即成为下一位皇帝。法王亨利三世于1589年遇刺，刺客是一位修道士，被立即杀死，亨利四世即位。

论逆境

“人们希望得到顺境的好处，但却会赞赏逆境的好处。”（Bona rerum secundarum optabilia；adversarum mirabilia.）这是塞内加仿斯多葛派[①]的一句高明的话。无可否认，如果奇迹是对自然的控制的话，那么奇迹也就多出现于逆境之中[②]。然而他还有一句更为高明的话（这句话出自一位异教徒之口，是过于高明了）：“在一个人的身上既有人的脆弱又有神的安全感，那就是真正的伟大。”（Vere magnum habere fragilitatem hominis，securitatem Dei.）这句话如果是一句诗的话，那就会更好，因为诗歌更允许有想象的突发。而且诗人们确实是在忙于想象的突发，因为事实上，在古代诗人的那种奇怪的虚构中所描绘出来的，就是想象的突发，而那种想象的突发又似乎并非没有神

① 塞内加和斯多葛派，见《论死亡》的注释。

② 意即：如果奇迹意味着对自然的控制的话，那么奇迹也就最多地出现于当人们控制了他们的天性之时。换言之，所谓奇迹，即超越自然，而在人来说，身处逆境之时，能控制自己的“自然”亦即天性，也就出现了奇迹。

秘之处①；不仅如此，那种想象的突发还多少接近于基督徒的状态："赫拉克勒斯，当他前去解救普罗米修斯的时候"（普罗米修斯是人性的象征），"他是坐在一个瓦罐里渡过了大海"，这栩栩如生地描述了基督的决心，基督坐着血肉之躯构成的脆弱的小船，渡过了世间的波涛。但用一般的话来说，顺境时的美德就是节制，逆境时的美德就是坚忍，而在伦理学中，坚忍是一种更为崇高的美德。顺境是《旧约》所带来的福祉，逆境是《新约》所带来的福祉，而后者则是带来更大的祝福，更为清晰地昭示了上帝的恩惠。然而即使在《旧约》中，如果你聆听大卫的琴声②，你也一定会听到像欢歌一样多的哀歌；而且圣灵的画笔更致力于描述约伯所受到的折磨，而不是所罗门的快乐③。顺境并非没有许多恐惧和烦恼，而逆境也并非没有慰藉和希望。我们在针织品和刺绣品中看到，让一个又深又暗的底色衬托出一个鲜艳的花样，比让一个明亮的底色衬托出一个深色的令人悲伤的

① 赫拉克勒斯（Hercules）是希腊和罗马神话中的大力神，以完成12项英雄业绩闻名。普罗米修斯（Prometheus）是希腊神话中的人物，因盗取天火予人而触怒主神宙斯，被罚锁于高加索山崖上，遭神鹰折磨，后被赫拉克勒斯所救。"神秘之处"，也就是言外之意，即：赫拉克勒斯坐着瓦罐去解救普罗米修斯，就等于基督坐着血肉之躯构成的脆弱的小船去救赎人类。

② 大卫（David，前11—前10世纪），古代以色列-犹太王国国王，据《圣经》载，系耶稣的祖先。大卫又是一位诗人兼乐师，据认为是《旧约·诗篇》中若干篇的作者。

③ 所罗门（Solomon，？—前932），古代以色列-犹太王国国王，大卫之子，以智慧著称。

花样更为悦人，因而，那就凭借着目光的欢乐来判断心中的欢乐吧。无可否认，美德就像名贵的香料，在燃烧或者碾碎的时候才最为芬芳；顺境最能显示邪恶，但逆境却最能显示美德。

论作伪与掩饰

掩饰只不过是一种怯懦的计谋或者智慧，因为要知道什么时候可以说真话并且说真话，是需要有一种有力的理解力和一颗坚强的心的。因而那种软弱的政治家，也就成了掩饰的高手。

塔西佗说："利维亚[①]兼有她丈夫的计谋和她儿子的掩饰。"这也就是说，奥古斯都擅长于计谋或者策略，而提比略则是擅长于掩饰。还有，当缪西阿努斯[②]劝韦斯巴芗举兵起事推翻维太利乌斯的时候，说道："我们现在起事，对手既没有奥古斯都那敏锐的判断力，也没有提比略那极端的小心或者谨慎。"计谋或者策略、作伪或者谨慎这些特征，确实是不同的习惯和才能，须予以辨别。因为如果一个

① 利维亚是罗马帝国第一代皇帝奥古斯都的妻子，遂成为第一位罗马皇后。提比略是利维亚与前夫生的儿子，奥古斯都去世后即位，是罗马帝国的第二代皇帝。参见《论死亡》的注释。

② 缪西阿努斯（Mucianus），罗马名将和著作家。维太利乌斯（Vitellius，15—69），原是驻莱茵河地区的古罗马军团司令，公元69年打败罗马皇帝奥托，受手下士兵拥戴而称帝，但旋即被韦斯巴芗打败，韦斯巴芗遂成为古罗马弗拉维王朝的创立者。参见《论死亡》的注释。

人拥有那种敏锐的判断力，能够看出什么事情应该公开，什么事情应该隐藏起来，什么事情应该展现得若隐若现，而且是向谁展现和何时展现（诚如塔西佗所言，这些确实是治国之术和处世之术），那么对这个人而言，掩饰的习惯也就是一种障碍和一种不利之处。但如果一个人不能获得那种判断力，那么一般说来也就由着他去谨慎从事，成为一个掩饰者了。因为当一个人不能随机应变的时候，那么采取一般说来是最安全、最谨慎的做法也就为佳，就像目力不济的人走路安稳一样。无可否认，有史以来最有能力的人在与人交往的时候，都是坦率真诚的，并且享有一种信实不欺的名声；不过话得说回来，他们又像训练有素的马，因为他们在顺利的时候知道什么时候应该停止，什么时候应该转弯；而且在他们认为情势确实要求做出掩饰的时候，如果他们因而使用了掩饰，那么以前有关他们的真诚和待人清白所广为流传的见解，也就使得他们几乎辨认不出来了。

这种自我遮盖和掩饰有三个层次。第一是谨慎、保留和保密，也就是一个人使自己不被注意，或者让人看不出他的本色。第二是掩饰，这是用的否定的方法，也就是一个人露出迹象端倪来，以说明他并不是他那个人。第三则是作伪，这是用的肯定的方法，也就是一个人有目的地和明确地冒充和假装成为并非他本人的那个人。

就这些当中的第一层次——保密——而言，它确实是告解神父[①]的美德。而且无疑，保密的人能听见许多的忏悔。因为谁肯向一个

① 告解神父即听忏悔的神父。

信口雌黄者或者爱唠叨的人敞开心扉呢？但如果一个人被认为是保密的，人们也会要求他把秘密给透露出来，正如憋进去的空气越多，就越会把它吐出来一般。在忏悔的时候，隐私的披露并不是出于世俗的需要，而是为了缓解心里的压力，保密的人也能以同样的方式得知许多事情，因为人们更乐于宣泄心事而不是增加心事。简言之，神秘之处是由保密所造成的。除此之外，（说实话）不论是在精神上还是在肉体上，裸露都是不合适的，而且如果人的举止和行动并不是完全不加掩饰的话，那么给人的举止和行为所增加的受人尊敬之处也就不会少。至于饶舌者和易泄密的人，他们通常是轻率且又轻信，因为言其所知的人，也会言其所不知。因而记下这句话吧，“一种保密的习惯既是明智的，又是有道德的”。而在保密的时候，人的面孔最好还是允许他的舌头说话。这是因为，既然人的面容在受人注意和可信性上要超出话语许多倍，那么人的自我如果是由面容的特征给显露出来，也就是一大弱点和一大泄露。

第二个层次，也就是掩饰，在许多情况下掩饰是出于需要而由保密引起的，因而保密的人也就在某种程度上一定是个掩饰者。因为人们太狡诈了，不能容忍一个人在两者之间保持一种不偏不倚的姿态，不能容忍一个人又保密又使天平不向一方倾斜。因而他们会用种种问题包围着他，劝诱他，从他的身上探出口气来，这样一来，除非他是保持着一种滑稽可笑的沉默，否则他就一定会多少显露出一种倾向来；或者，如果他没有显露出倾向的话，他们就会根据他的沉默来推断，就像根据他的话语来推断一样。至于含糊其词或者模棱两可的话语，那是不能存在长久的。因而除非给自己留有一点掩饰的余地，否则谁也不能保密，掩饰只不过好像是保密的下摆或者裙裾而已。

但就第三个层次，也就是作伪和虚假的表白而言，我认为，除非是用于重大和罕见的事情之中，否则它是更应该受到责备的，而且也不够明智。因而，一种普遍的作伪的习惯（也就是这最后一个层次），也就是一种邪恶，它或者是产生自一种天生的不诚实或者胆怯，或者产生自一种有着某些重大缺陷的心智，由于一个人必须掩盖那种心智，也就使得他在别的事情上作伪，以免他的技艺被弃之不用。

作伪与掩饰有三大好处。第一个好处就是，可使对手丧失警惕而又可出其不意。因为如果一个人的动机公开的话，那就等于发出了警报，把所有反对他的人都召集了起来。第二个好处就是，可为自己留下一个相当大的退路。因为一个人若是用一个明了的宣告把自己给约束起来的话，他就必须或者是成功，或者是垮台。第三个好处就是，可以更好地看破别人的心思。因为一个暴露自己想法的人，人们是难得向他提出反面意见的，而是会恰恰让他继续下去，并把他们的言论自由变成思想自由。[①] 因而西班牙人所说的“撒一

① 意即心里有看法，但嘴上不说。

个谎也就发现一个真相”，就是一个精彩而又精明的谚语，好像只有通过作伪才能发现真相似的。作伪与掩饰也有三个不利之处，这与那三大好处扯平了。第一就是，作伪与掩饰通常随之表现出一种恐惧，而不管在什么事情中，这都会使箭上的羽毛竖立起来，使得箭不再是直接飞向鹄的。第二就是，作伪与掩饰使得许多人在思想上困惑茫然，否则的话，他们也许是会与他合作的；因而作伪与掩饰使得一个人几乎是独自走向他本人的目的地。第三个也是最大的不利之处就是，作伪与掩饰剥夺了一个人最为主要的行动的工具，那就是信任和信赖。最好的气质和性情，就是拥有一个坦率的名声，有保密的习惯，适合时机地使用掩饰，并且在没有补救办法的情况下，拥有作伪的能力。

论父母与子女

父母的欢乐是秘而不宣的，他们的悲伤和恐惧亦复如是。他们没有合适的话语来吐露他们的欢乐，也不愿意吐露他们的悲伤和恐惧。子女使得辛劳变得甜蜜，但也使不幸更加辛酸。子女增加人生的忧虑，却也减轻了对死亡的记忆。通过生殖而繁衍绝不是动物的共性，但名声、功绩和高尚的善行则为人们所固有。确实，人会看到，最高尚的善行和机构产生自无子女的人们，这是因为，他们既然未能把他们的身体的翻版表现出来，也就寻求把他们精神的翻版表现出来。因而对后世的关心，最见于那些没有后裔的人。创立家业的人对子女最为溺爱，他们不仅把子女看作家族的继续，而且也看作事业的继续：因而，子女和创造物都是他们的继续。

父母对几个子女的爱是不同的，这在许多时候是不合适的，有时则是不足道的，对母亲来说尤其如此。诚如所罗门所言："智慧之子使父亲快乐，愚昧之子叫母亲担忧。"[①]人们会看到，在一个子女

① 见《旧约·箴言》第10章第1节。

满堂的家里，有一两个最长的子女受到偏爱，最小的给宠坏了，居中的某几个却好像被忘却了一般，但结果他们却往往是最优秀的。父母在子女的零用钱上吝啬，是一个有害的错误，因为这会使子女变得卑贱，使他们学会取巧，使他们与低劣的人为伍，又使他们在富足的时候愈加放纵。因而如果人们控制的是子女，而不是子女的钱包，结果也就最好。人们（这既指父母，又指学校教师和仆人）有一种愚蠢的态度，那就是在兄弟们童年的时候，便在他们之间引起和酿成一种竞争，其结果是当他们成人的时候，往往造成他们的不和，并令家庭动荡。意大利人在子女和侄甥或者近亲之间不分彼此，只要他们是本家之人，即使并非系己所出，亦不在意。老实说，在秉性上情况也大抵如此，以至于我们会看到，在脾气上有时一个侄子更像一个叔叔或者亲属，而不是他自己的父亲。父母应尽早选择他们意欲让子女所从事的职业和发展道路，因为那时他们最具可塑性；父母也不可过于专注于子女的意向，以为他们最想做的事情，子女也会最喜欢。的确，如果子女的爱好或者倾向性是非同寻常的话，那么最好是不要否定它。不过一般说来，下述格言是有益的："选择最好的吧，因为习惯会使它变得令人感到愉快和容易。"（Optimum elige，suave et facile illud faciet consuetudo.）兄弟中弟弟通常会获得成功，但哥哥被剥夺继承权的情况则很少或者从未发生。

论嫉妒

人们注意到，在各种感情之中，只有爱与嫉妒是有魅力的或者是有魔力的。爱与嫉妒都产生出强烈的愿望，它们很容易将自己调节成想象和联想，而且它们能轻易地进入视力之内，尤其是在对象在场的时候，这些都是导致魅力的产生之处[①]——如果有魅力这样的事情的话。同样地，我们看见《圣经》中把嫉妒称为“恶念”[②]，而占星家则把星象的邪恶影响[③]称为“恶容”，这样一来，在嫉妒的行为中，似乎仍然应该承认有目光的射出或者送出。不仅如此，有些人非常善于观察，他们注意到，嫉妒目光的打击或者撞击带来最大伤害的时候，也就是遭到嫉妒的一方被认为是处于事业的顶峰或者获得胜利之时，因为这种情况使嫉妒变得更加锐利。除此之外，在

① 此句的拉丁文文本意思是：“所有这些事情都导致产生魔力。”

② 见《新约·马可福音》第7章第21~23节。

③ 起初人们认为，有一种太空的气体从星辰流淌下来，影响人们的行为，后来则指神秘的力量的一种散发。

这样的时刻遭到嫉妒的人的情绪最为外露，因而也就受到了打击。

但我们拟不谈这些小问题（尽管在合适的地方它们也并非不值得思考），而是谈一谈，什么人易于嫉妒他人，什么人最容易受到嫉妒，以及公众的嫉妒和私人的嫉妒有何区别。

自己身上没有美德的人，也就总是嫉妒别人身上的美德。因为人们的心思或者是以自己的美德为精神食粮，或者是以别人的不幸为精神食粮，而且缺乏美德的人，也就会捕食别人的不幸；不论是谁，如果没有希望获得另一个人的美德的话，他就会压抑另一个人的幸福，以期取得平衡。

爱管闲事且又爱打听别人隐私的人，通常是好嫉妒的。因为之所以要知道别人的大量的事情，不可能是因为那些忙乱全都会与他本人的荣辱有关。因而，其原因一定是，他在观察别人时运好坏的时候，获得了观看戏剧演出的那种欢乐。只管自己的事的人，也不可能找到许多值得嫉妒的事情。因为嫉妒是一种游荡的激情，它在街上闲逛，而不待在家里："爱打听别人隐私的人，也必然是心怀恶意的人。"（Non est curiosus，quin idem sit malevolus.）

人们注意到，出身高贵的人嫉妒正在崛起的新人。这是因为，社会地位的距离改变了，这就像是视觉上的一种错觉一样，当别人进步的时候，他们以为自己是退步了。

残疾人、宦官、老年人和私生子是嫉妒的。因为不可能改善自己状况的人，也就会尽力损害别人的状况，除非这些缺陷是落在一个秉性非常勇敢而又崇高的人的身上，那个秉性非常勇敢而又崇高的人想到的是，要使他天生的缺陷成为他的荣誉的一个部分，因而应该说，一个宦官或者一个跛足的人，之所以做出了这样的大事，是为了获得一个奇迹的荣誉而奋斗；宦官纳西斯① 、跛足之人阿格西劳斯②和帖木儿③是这种情况。

那些在经历了灾难和不幸之后而振作起来的人，也是这种情况。因为作为与时代相失和的人，他们会认为别人所受到的伤害是对他们自己苦难的一种补偿。

那些想在过多的事情上胜过他人的人，出于轻浮和虚荣，也就总是嫉妒。因为既然在那些事情当中的某一项上，必然会有许多人要强于他们，所以他们也就总是有可让他们的嫉妒所致力的事情。这就是哈德良皇帝④ 的性格，他对诗人、画家和工匠嫉妒得要死，因

---

① 纳西斯（Narses，约480—574），拜占庭帝国将领，皇帝查士丁尼一世（Justinian，483—565）的将军。他从东哥特人手中替拜占庭帝国夺取意大利，并任意大利总督。

② 阿格西劳斯（Agesilaus，约前444—前360），古希腊斯巴达国王，崇尚武功，精于谋略，被视为斯巴达尚武精神的化身。

③ 帖木儿（Timur，1336—1405），帖木儿帝国创立者，突厥化的蒙古贵族家庭出身，兴起于撒马尔罕，先后征服察合台、波斯、阿富汗、印度直至小亚细亚，暴卒于东侵中国途中。

④ 哈德良（Hadrianus，76—138），古罗马皇帝，对外采取谨守边境政策，对内加强集权统治，数次巡行帝国各地，在不列颠境内筑“哈德良长城”，曾镇压犹太人暴动，编纂罗马法典，奖励文艺。他曾设计了一个神殿，一位建筑师批评了这个设计，他就把那个建筑师放逐了。

为他有想在那些人的工作中出类拔萃的癖性。

最后，近亲、同事以及一起被培养起来的人，更易于在他们的同辈腾达的时候嫉妒他们。因为同辈的腾达，也就等于谴责别人运气不好，是针对了别人，更为别人所念念不忘，同时又更引起了别人的注意；而且嫉妒也总是由于传闻和谣言而得以强化。该隐对他的弟弟亚伯的嫉妒是愈加的卑鄙和恶毒，因为当他的供品被上帝看中的时候，却又无人在旁观看。[①] 有关那些易于嫉妒的人，就谈这么多吧。

现在谈一谈那些多少易受人嫉妒的人。首先，具有卓越德行的人，当他们得到晋升的时候，也就不那么受人嫉妒。因为他们的好运似乎是他们应该得到的，而谁也不会嫉妒对债务的偿还，所嫉妒的只是奖赏和慷慨的赠物。再则，嫉妒又总是与一个人的自我意识所做的比较交织在一起，没有比较，也就无所谓嫉妒，因而嫉妒君王的人，只能是君王。然而应该看到，不足道的人在刚开始任事的时候最受人嫉妒，到后来却能较好地制服嫉妒；而在另一方面，有长处有功劳的人，当他们的好运长时间持续的时候，也就最受人嫉妒。因为到那个时候，尽管他们的德行依旧，但其光辉已不复如初，因为有新人成长起来，令其黯然失色。

---

① 该隐（Cain）是亚当与夏娃的长子，上帝看中了他弟弟亚伯（Abel）的供品，该隐出于嫉妒而杀死了亚伯，因而受到上帝的诅咒，遂流离飘荡。事见《旧约·创世记》第4章第1~15节。

血统高贵的人在晋升的时候，不那么受人嫉妒，因为那似乎是由于他们的出身而应该得到的。除此之外，这似乎对他们的好运也没有增加多少东西；而嫉妒就像阳光，阳光照射在堤岸上或者陡峭不平的地上，比在平地上晒得更热。而且由于同一个原因，那些逐级提升的人，也不像那些突然地、跳跃性地提升的人受人嫉妒。

那些把他们的荣誉与巨大的努力、忧虑或者危险连接在一起的人，也就不那么容易遭人嫉妒。因为人们认为，他们的荣誉是得之不易的，而且有时还同情他们，而同情又总是消除嫉妒。由于这个原因，你就一定会看到，那些更为深沉持重的政府机关工作人员，在如日中天的时候，却又总是自嗟自叹，说他们过的是什么日子啊，不厌其烦地说："我们是何等受苦呀！"（quanta patimur）这并不是说他们感到受苦，只不过是为了减轻嫉妒的锋芒。但只有在工作是加在人们的身上时，这种嗟叹才可以理解，而并非那种他们自找的工作。因为最遭人嫉妒的，莫过于毫无必要而又雄心勃勃地把工作专揽在手。而最能消灭嫉妒的，又莫过于大人物能让所有的下属保留充分的权利和职位的重要性。因为依靠这个手段，在他和嫉妒之间也就有了许多道帐幔。

尤其是，那些以一种无理而又傲慢的态度来对待自己巨大幸运的人，是最易于遭到嫉妒的，他们只有在表现出自己是多么了不起的时候才舒服，而表现的方法，或者是依靠外表上的炫耀，或者是依靠战胜所有的对立或者竞争；然而聪明的人却宁可给嫉妒献上供品，有时故意让自己在对自己影响不大的事情上受挫和被人压倒。尽管如此，但以一种朴素而又坦率的态度来做出伟大的姿态（这样一来那种伟大也就没有傲慢和虚荣），与以一种狡猾而又诡诈的方式来做出伟大的姿态相比，也就确实不那么受人嫉妒。因为在后一种做法中，一个人只不过是不承认他是幸运的，又似乎意识到他本人是欠缺价值的，因而也就只不过是引导别人不去嫉妒他。

最后，给这一部分做结论：我们在一开始说过，嫉妒的行为多少有点魔力在里面，因而要祛除嫉妒，唯一的办法就是祛除魔力，也就是说，只有除去那个“符咒”（人们是这样称呼它的），并把那个符咒放在另外一个人的身上。为了达到这个目的，那种更为聪明的大人物总是把某个人推到舞台上，让本来应该落在他们自己身上的嫉妒落在他的身上，有时是落在侍从和仆人的身上，有时是落在同僚和同事的身上，以及诸如此类；而甘愿充当这种角色的天性莽撞而又有事业心的人，又是从来不乏其人，那些人，只要能够得到权力和职务，是什么代价都肯付出的。

现在说说公众的嫉妒。在公众的嫉妒中还是有某种好处的，而在私人的嫉妒中则是一点好处也没有。因为公众的嫉妒就好比一种陶片放逐制度[①]，那是当有些人太位高权重的时候，用来凌驾在他们

① 陶片放逐制度（ostracism），古希腊的一种政治制度，由公民将所认为危及国家安定分子的名字写在陶片或贝壳上进行现代意义上的投票，逾半数者被放逐十年或五年，这种制度约在公元前417年废止。

之上的。因而，它也是对大人物的一种约束，使他们不至于越轨。

这种嫉妒，拉丁语叫作**invidia**，在现代语言中叫作“不满”，这一点我们将在《论反叛》一文中谈及。在一个国家里，它是一种类似于传染病的疾病。传染病可以传播到健康的人身上，使之受到污染，嫉妒亦然，它一进入一个国家，就诋毁了国家的甚至最好的举措，并使之名声不好。所以值得赞美的举措如果和嫉妒混杂起来，是得不到什么益处的。因为这只不过是表明了一种软弱和一种对嫉妒的恐惧，而这样一来嫉妒又带来更大的伤害，这就像传染病常有的情况那样，你越是害怕它们，它们就越是找上门来。

这种公众的嫉妒似乎主要是对重臣大吏产生影响，而不是对国王和政府自身产生影响。但这又是一个可靠的规律，即如果对某个大臣所怀有的嫉妒是巨大的，而他身上招致嫉妒的原因却又很小，或者如果嫉妒是普遍的，针对的是一个政府中所有的大臣，那么那种嫉妒（尽管是隐而不显的）也就确实是针对国家本身的。有关公众的嫉妒或者不满，以及公众的嫉妒和私人的嫉妒的区别，就说这么多，而有关私人的嫉妒，一开始已经谈过了。

关于嫉妒这种感情，我们将笼统地再说几句，即在所有的别的感情之中，嫉妒是最纠缠不休的和最从不间断的。因为别的感情，其起因只不过是偶尔有之，因而古人说得好，“嫉妒没有假期”（**Invidia festos dies non agit.**），因为它总是对某些人有影响。人们还注意到，爱和嫉妒确实使得人憔悴，而别的感情则不至于如此，因为别的感情不像爱和嫉妒那样从不间断。嫉妒也是最卑鄙的感情，而且也是最堕落的感情，由于这个原因，嫉妒也就是魔鬼的本色，魔鬼被称为“有仇敌来，将稗子撒在麦子里”[①]。因为情况总是这样，嫉妒是诡秘地在暗中起作用，而且有损于像麦子这样的好的东西。

① 见《新约·马太福音》第13章第25节。

论高位

居高位者是三重意义上的奴仆：君主或者国家的奴仆，名声的奴仆，事业的奴仆；因而他们没有自由，既没有个人的自由，也没有在行动和时间上的自由。追求权力却失去自由，或者说追求凌驾于他人的权力却失去支配自己的权力，这是一种奇怪的欲望。职位的升迁是费力的，而人们吃尽了辛苦，却又获得了更大的辛苦；职位的升迁有时是可鄙的，人们是通过有失尊严的手段而成了显贵要人。在高位上是站不稳的，一旦后退，或者是垮台，或者起码是声誉失色，这是一件可悲的事情。“当你不再是昔日之你的时候，那就再也没有希望活下去的理由了。”（Cum non sis qui fueris, non esse cur velis vivere.）不仅如此，而且人们在想退休的时候不能退休，到了应该退休的时候却又不想退休，无法忍受过退隐的生活，甚至在年老多病需要庇护的时候也是如此；就像年老的城里人一样，他们就是要坐在临街的门口，尽管这样一来他们也就被人家嘲笑年老。无可否认，大人物需要借用别人的见解，才能认为自己是幸福的，因为如果他们靠自己的感觉来判断的话，他们是找不到的；但是如果他们想到别人对他们的看法，自以为别人乐意成为他们那个样子，那么他们也就好像是根据传闻才是幸福的，而他们在内心中所发现的也许是恰恰相反。因为他们是最先发现自己悲伤的人，尽管他们是最后发现自己过失的人。无可否认，身居高位的人是不能认识自己的人，在忙于事务的时候，他们既没有时间去照顾自己身体的健康，也没有时间照顾自己精神的健康。“死的时候举世皆知其为人，唯独自己不认识自己，那么他的死就是沉重的死。”（Illi mors gravis incubat，qui notus nimis omnibus，ignotus moritur sibi.）在位的时候，既可行善也可作恶，而在行善和作恶当中，作恶是一种祸根；因为说到作恶，最好的状态就是不想作恶，次之就是不能作恶。但获得行善的权力，却是有志于高位者的真正而又合法的目的。因为对人们所怀有的好的想法（尽管上帝接受它们），倘若不付诸实施，也就比好梦好不到哪儿去，而且如果没有占据有利地位和制高点的权力和地位，好的想法就行不通。公德与善行是人的活动的目的，而意识到自己做出了公德与善行，也就是人的安息的完成。因为如果一个人能够参与上帝的舞台[①]，他就一定会同样参与上帝的安息。“神看着一切所造的都甚好”（Et conversus Deus，ut aspiceret opera quae fecerunt manus suac，vidit

① 也就是说，如果一个人能够注视他的成就的景象（亦即舞台），同时知道他的成就是善举的话，他同样也将参与上帝的安息。

quod omnia essent bona nimis）[①]，于是便有了安息日。在履行你的职务的时候，要把最好的榜样置于你的面前，因为模仿就是箴言的一个球状物[②]。而过一段时间以后，把你自己的榜样置于你的面前，并且严格地对自己进行检查，看看是否你反而没有原先做得好。也不要忽视那些在同样的职位上不称职的人的例子，不要以诋毁他们的名声来衬托出你自己，而是要用何以为戒来指导你自己。因而在进行改革时，要既不炫耀自己又不恶意诽谤以前的任期和前作者，也要给自己立下规矩，从而开创出足可遵循的好的先例。要追本溯源，观察事物是在什么地方、又是怎样退化的，但仍要向古今两个时代请教：请教于古代的是，什么是最好的；而请教于今天的则是，什么是最合适的。要设法使你的做法有章可循，这样人们事先就可知道会发生什么事情，但不可过于武断和盛气凌人，而当你偏离你的规则的时候，要把你的原因解释清楚。要维护你的职位的权利，但不要引起权限方面上的问题，与其声称拥有和要求获得你的权利，不如不动声色地在事实上享有你的权利。同样也要维护下属的权利，并且认为居首指挥，比事必躬亲更为体面。要欣然接受和欢迎有关你的履职的帮助和忠告，不要把给你带来信息的人当作好管闲事者而赶出去，而应以友好的态度接待他们。当权者的弱点主要有四种：拖延、受贿、粗暴和易欺。为了避免拖延，应使人易于

① 见《旧约·创世记》第1章第31节。

② 也就是说，模仿就像一组行为准则一样有价值。

接近，遵守约定的时间，完成正在进行的工作，非不得已不要把不同的事务混在一起。为了避免受贿，不仅要约束你自己的手或者你的仆人的手，使之不受贿，还要约束求情者的手，使之不行贿。因为廉正通常是约束自己和自己的仆人的，而公开宣告的廉正，加上对贿赂的明显的厌恶，则约束了别人。而且不仅应避免这种过错，还应避免受贿的嫌疑。不管是谁，如果人们发现他是反复无常的，而且是在没有明显原因的情况下有了明显的改变，那么他就令人怀疑是接受了贿赂。因而，当你改变你的主意或者做法的时候，应清楚地予以公开宣告，并且同时宣告促使你做出改变的原因，而不要想暗中为之。一个仆人或者亲信，如果他与你关系密切，但又没有其他明显值得敬重的理由，也就通常被认为只不过是秘密受贿的一条旁门左道而已。至于粗暴，它是产生不满的一个毫无必要的原因：严厉产生恐惧，但粗暴则产生仇恨。甚至当权者的责备，也应该是庄重的，而不是奚落。至于易欺，它比受贿还要糟糕，因为受贿只不过是偶尔为之，但如果再三的要求和无根据的偏袒影响了一个人，那么他就永远也摆脱不掉再三的要求和无根据的偏袒。诚如所罗门所言：“看人的情面乃为不好，人因一块饼枉法，也为不好。”[①] 古人所言极是，“一旦掌权，原形毕露”。或更见有德，或更显无行。“倘若他不是皇帝，那么人人就都会认为他适合当皇帝”（**Omnium**

① 见《旧约·箴言》第**28**章第**21**节。

consensu capax imperii，nisi imperasset.），这是塔西佗在谈到加尔巴[①]时所说的话。不过在谈到韦斯巴芗[②]的时候他却说：“韦斯巴芗是拥有了权力而更见有德的唯一一位皇帝。”（Solus imperantium Vespasianus mutatus in melius.）尽管前者指的是行政工作的能力，后者指的是举止和性情。如果对荣誉的追求导致一个人改正他的过错，那就足以证明他是一个值得敬重而又宽宏大量的人，因为荣誉是美德之所在，也应该是美德之所在。而且就像在自然界一样，事物在向它们的位置移动的时候是剧烈的，而待在它们的位置上的时候，则是平静的，美德亦然。在怀有雄心壮志的时候，美德是狂暴的，而在掌权的时候，美德则是安定而又平静的。升至高位，无一不是从弯曲的楼梯爬上去的，而如果有派别，不妨在上升的时候与一派站在一边，而在登上高位以后，则应不偏不倚。对待你的前任留在记忆中的印象，应公正而且审慎，因为若不如此，那就不啻一笔债务，等你卸任的时候是一定要还的。如果你有同僚的话，就应尊敬他们，宁可在他们并不想被召唤的时候去召唤他们，而不要在他们有理由想被召唤的时候拒绝去见他们。但是在交谈和私下回答求情者的时候，不可过于敏感

① 加尔巴（Galba，前3—后69），罗马皇帝。他于公元68年举兵反对暴君尼禄（Nero，37—68），尼禄自杀后，他被元老院确认为罗马皇帝，后被禁卫军杀死。

② 韦斯巴芗（Vespasianus，9—79），古罗马皇帝，弗拉维王朝的创立者，在位时整顿财政，改组军队，加强武力统治，营建罗马广场、凯旋门和大竞技场。

于你的职位或者过于记住你的职位，而宁可让人家说："他在履行职务的时候，成了另外一个人。"

论大胆

有人问狄摩西尼[①]：“一个演说家的主要方面是什么？”他回答道：“手势！”“其次呢？”“手势！”“又其次呢？”“手势！”这是文法学校课本中的一段课文，不足为奇，不过仍然值得聪明人思考。说这话的人，是最懂得演说术的人，而且在他所推荐的那个事情上，他本人又天生没有优势[②]。手势在演说家身上只不过是一个肤浅的部分，而且确切点说是戏剧演员的长处，但它却被高置于那些别的卓越的构成部分之上，如创意、朗诵技巧以及其他，等等——不仅如此，它几乎是独一无二的，好像它是一切的一切似

① 狄摩西尼（Demosthenes，前384—前322），古希腊雄辩家、民主派政治家，反对马其顿入侵希腊，发表《斥腓力》等演说，后失败，服毒自杀。腓力指马其顿国王腓力二世（Philip Ⅱ），他是亚历山大大帝的父亲。

② 狄摩西尼先天条件极不适于做演说家，他肺活量小，有发音困难，而且口吃。但他靠着不知疲倦地训练克服了这些先天的障碍。他口含卵石讲话，以克服口吃，他照着镜子练习，以去掉讲话时面部肌肉的扭曲，他疾登山坡，以使嗓音响亮有力，他在海边对着汹涌的波涛大声演讲，以适应听众喧嚣的环境。最后终于成为名副其实的“演说家之王”。

的，这是一件奇怪的事情！但是其原因是明显的。一般说来，在人性中愚蠢的东西比明智的东西要多，因而那些能够支持人们头脑中愚蠢部分的才能，也就是最有力量的。同这个情况非常相似的，便是在世俗事务中的大胆："首先是什么？"大胆！"其次再次又是什么？"大胆！然而大胆是无知和卑贱的孩子，比别的素质低劣多了。虽然如此，它却确实迷住了那些人并束缚了他们的手脚，那些人或者是判断力浅薄，或者是胆量不足，而那些人又是人的最大多数；不仅如此，聪明人在软弱的时候也被它所引诱。因而我们看到，大胆在民主国家里产生过奇迹，但在元老院和君主身上所产生的奇迹就少一些；大胆的人初次采取行动时所产生的奇迹，又总是多于不久以后，因为大胆是一个不讲信用的人①。鉴于有给人治病的江湖郎中，想必也有给国家治病的江湖郎中：这就是那些人，他们采取重大的措施，也许曾在两三个实验中交好运，却缺乏知识的根基，因而也就不能持久。不仅如此，你还会看到一个大胆的人多次做出穆罕默德的奇迹。穆罕默德让人们相信，他要把一座山召唤到他的面前，他要在山顶上为遵守他的法律的人们祈祷。人们聚集了起来，穆罕默德一次又一次地叫那座山到他面前来，而当山一动也不动的时候，他却一点也不窘迫，而是说道："如果山不肯到穆罕默德这儿来，那么穆罕默德就要到山那儿去了。"所以这些人，当

① 当然，这里用的是修辞上的拟人法。

他们做出了重大的许诺而又最可耻地失败了的时候，他们（如果他们大胆到极致的话）却会只不过是把它忽略过去，并且转变他们的立场，不再为此烦扰。无可否认，在判断力很强的人看来，大胆的人是眼中的笑柄，不仅如此，而且在一般人看来，大胆多少也是可笑的。因为如果荒唐是引人发笑的对象的话，那么你就不会怀疑，超乎寻常的大胆是很少不带有某种荒唐之处的。当一个大胆的人失措的时候，那尤其是眼中的一个笑柄，因为这使得他的脸处于一种最为皱缩和木然的仪态，这是必然的，因为在局促不安的时候，人的情绪会多少有低有高。但是大胆的人在类似的场合，他们的情绪却是停止了下来，就像下棋时的棋王受困一样，虽然不是被将死，但那一局棋却是不能走了[①]。但这最后所说的事情，若是用来写讽刺文章倒还可以，若做严肃的论述就不尽合适了。这一点非常值得认真考虑，即大胆总是盲目的：因为它看不见危险和不便之处。因而它劣于判断，而擅长于执行，所以对勇夫的正确使用，就是绝不要让他们以为首的身份来指挥，而应让他们当副手，处于别人的指导之下。因为在判断的时候，最好是能看出危险，而在执行的时候，最好是看不见危险，除非那些是非常大的危险。

---

① 也就是说，害羞的人，随着感情的变化，他们的面部表情也不断地改变，但当大胆的人窘迫的时候，他们的表情却是静止的，或者说就像下棋时的棋王受困一样；因为在这样的窘境之中，任何动作都意味着失败。

论善与性善

我是在这个意义上来理解善的，善就是意欲给人们带来幸福，这就是希腊人所谓的“爱人”（philanthropia）；而用（在人们所使用的意义上的）“人道”（humanity）一词来表达，就有点过于分量轻了。我把善称为习惯，把性善称为倾向。在所有的美德和精神上的高尚之处当中，这是最伟大的，因为它是上帝的属性，若没有它，人就是一个焦躁不安的、有害的、可怜的东西，简直是一种害虫。善与神学三德[①]中的“有爱”相一致，它也许会犯错误，却不会过度。过度追求权力的欲望使天使堕落，过度追求知识的欲望使人堕落，但是在有爱中却没有过度，不论是天使还是人，都不会因为有爱而遭受危险。向善的倾向在人性之中是根深蒂固的，以至于如果它不施之于人，也会施之于别的生物。在土耳其人当中就可看到这种情况，土耳其是一个残忍的民族，然而对禽兽却很仁慈，

① 神学三德（theological virtues）指对上帝的三德，即“有信”（faith）、“有望”（hope）和“有爱”（charity）。

并向狗和鸟施舍，竟到了这样的程度。据布斯拜丘斯[①] 报道，君士坦丁堡有一个基督教徒青年，因戏弄一只长喙鸟，塞住它的嘴，结果差一点被人用石头打死。在这种善的美德或者有爱之中，也确实会犯错误。意大利人有一句不雅的谚语："他是太好了，好得一无可取。"（Tanto buon che val niente.）而且意大利的一位导师尼古拉·马基雅弗利[②] 自信地把下面的话写了下来，几乎是用朴素的话写出的："基督教的信念使好人成了那些专横而又不公正的人的牺牲品。"他之所以这样说，是因为确实从未有一种法律，或者教派，或者舆论，是像基督教那样推崇善。因而，为了既避免受到诽谤又避免遭受危险，最好是了解一下，一种如此优秀的习惯会有什么错误。应该努力给别人带来善，却不应该被他们的面容或者怪念头所束缚，因为那就只不过是易欺或者愚蠢了，而易欺或者愚蠢则使诚实的头脑成为囚犯。你也不要把宝石给《伊索寓言》中的那只公鸡，因为若给它一个大麦麦粒的话，它就会更满意和更愉快。上帝的例子给我们以真切的教训："他叫日头照好人，也照歹人；降雨

① 布斯拜丘斯（Busbechius）是16世纪的一位佛兰德（欧洲西部一地区）学者，曾任佛兰德驻土耳其大使。

② 尼古拉·马基雅弗利（Nicholò Machiavelli，1469—1527），意大利政治思想家、历史学家、作家，主张君主专制和意大利的统一，认为为了达到政治目的可以不择手段（"马基雅弗利主义"）。马基雅弗利认为，对谦恭和不追求今世的享受的强调，使得基督徒成了非正义的牺牲品；不过他又补充说，对基督教的这种看法是错误的，而这一点培根并没有提及。

给义人，也给不义的人。”[①]但他并不降财富之雨，也不是以同样的数量把荣誉和美德照射在人们的身上。一般的好处应该由所有的人共享，但特殊的好处应由被选中的人享有。而且应注意，不要在进行肖像绘制的时候把模型给打碎了。因为神性以爱我们自己为模型，而对我们邻居的爱则只不过是肖像绘制而已。“去卖掉你的产业，把钱捐给穷人……然后来跟从我。”[②]但除非你来跟从我，否则就不要卖掉你所有的产业；这就是说，除非你有一项使命，可以用极少的财力做出像用极大的财力一样多的善来；因为否则的话，你在给溪流供水的时候，也就汲干了源泉。而且也不仅只有一种行善的习惯，那是由正确的理性所指导的；而且在某些人身上，甚至在天性中，也有一种向善的倾向，正如在另一方面，有一种天生的恶性一样。因为也有一些人，他们在天性上就不想让别人得到好处。恶毒的天性中较轻的一种，只不过是变成一种坏脾气，或者固执，或者是喜欢抬杠，或者是难以相处，等等；但较深的一种，则是变成嫉妒或者纯粹的捣蛋。这样的人，在别人遭受灾难的时候，就好像是处于最佳的时机，并且总是落井下石：他们还不如那些舔拉撒路的疮的狗[③]；而是像在任何生的食物上面嗡嗡叫的苍蝇；这样的人是厌恶人类者（misanthropic），

① 见《新约·马太福音》第5章第45节。

② 见《新约·马可福音》第10章第21节。

③《新约·路加福音》第16章第21节，讲了一个财主的狗舔乞丐拉撒路的疮的故事。

他们惯于把人们带到那根大树枝那儿，可是在他们的花园里，却并没有派那个用场的树，这又与泰门[①]的花园不一样。这样的脾性正是人性的错误，然而它们却是制造大政治家的最合适的材料；就像弯曲的木料，它适合于造船，因为船注定是要颠簸的；但却不适合于建房，因为房屋是要站得牢的。善的组成部分和标志是众多的。如果一个人对陌生人和蔼而又有礼，那就表明他是个世界公民，而且他的心脏并不是一个与别的陆地隔离开的孤岛，而是一个与别的陆地结合在一起的大陆。如果他对别人的痛苦怀有同情，那就表明他的心脏就像那棵高贵的树一样，它流出治疗或镇痛用的香树脂的时候，自己也受了伤[②]。如果他从容地原谅和宽恕别人的冒犯，那就表明他的头脑是被置于伤害之上的，因而他就不能被伤害射中。如果他对所得到的小的好处心怀感激，那就表明他所珍重的是人们的心智，而不是他们的钱财。但尤其是，如果他有圣保罗的至善——要知道为了拯救他的弟兄们，圣保罗宁可受基督的诅咒[③]——的话，那就表明他有了大量的神性，并与基督本人有着一种一致。

---

① 泰门（Timon），雅典人，绰号叫“厌恶人类者”，一天他公开宣告，他有一棵无花果树，曾有许多人在此树上吊死，他要把这棵树砍掉，以便在那块地上盖房子，因而有愿自杀的，要赶快到那棵树那儿去。莎士比亚的剧作《雅典的泰门》第5幕第1场有此故事的情节。这句话是说，他们比泰门还要厌恶人类。

② 乳香树在受到伤害的时候，伤口就渗出芳香的树脂。

③ 见《新约·罗马书》第9章第3节：“为我弟兄，我骨肉之亲，就是自己被诅咒，与基督分离，我也愿意。”

论贵族

谈到贵族，贵族首先是国家中的一个阶级，同时也是特定的人的一种状态。一个根本没有贵族的君主国，也就总是一种纯粹而又十足的专制，土耳其的君主国即如此；因为贵族使得君权变得温和了，并在某种程度上把人民的视线从王室家庭那儿吸引开来。但对民主国家来说，它们并不需要贵族；与有贵族家庭的国家相比，它们一般说来要更为平静，而不那么受到煽动言论的影响——因为在民主国家里，人们的目光是落在工作上，而不是落在人的身上；即使是落在人的身上，那也是为了看他们是不是最合格，而不是看他们的门第和血统如何。我们看到，瑞士人保持着良好的状态，尽管他们有形形色色的宗教派别和小行政区；因为他们的结合力是效用，而不是对社会地位的考虑。低地国家的那些独立的共和国[①]，它

① 原文是the United Provinces of the Low Countries；the Low Countries即低地国家，指西欧的荷兰、比利时、卢森堡三国，the United Provinces指1648—1795年间那些独立的低地国家共和国。

们的政体优秀；因为在有平等的地方，进行商量的时候也就更不带偏见，而且人们也更乐意纳税和缴费。一个强大而又有权势的贵族阶级增加了君主的尊严，却减少了君主的权力，把生气和活力给了人民，却减少了他们的财产。最好是让贵族不要强大得令君权和正义不能承受，但又要维持在那样一个高度上，使得下民的侮慢的言行在很快冒犯到国王的尊严以前，在冒犯贵族的时候就被制服了。贵族人数众多，则国贫而多艰，因为那是费用的一种额外负担；除此之外，贵族中有许多人早晚必然会家道衰弱，结果也就造成一种在荣誉和财力之间的不相称。

具体到贵族个人，若是看见一座古老的城堡或者建筑并没有破损不堪，或者看见一棵相当好的用材树完好无损时，那是令人肃然起敬的。若是看见一个古老的贵族家庭抵御了时间的波涛，经受了风雨的考验，那是更加令人肃然起敬的！因为新的贵族只不过是权力的产物，而古老的贵族却是时间的产物。第一代贵族与他们的后裔相比，要更多于才能而少于单纯——因为在地位升高的时候，很少有人不是靠着善恶两种计谋的结合的。但他们的良好的名声留存到后代，他们的过失则自行消亡，也是合情合理的。生为贵族的人往往在勤奋上打了折扣，而不勤奋的人是要嫉妒勤奋的人的；除此之外，贵族们的地位是不可能提高太多的；而停滞不前的人，在别的人地位上升的时候，是难以避免有嫉妒的冲动的。在另一方面，贵族的身份能消灭别人对他们所怀有的那种被动的嫉妒，因为他们拥有封号[①]。无可否认，如果贵族中有能人可用，则君主定可高枕无忧，而且国事也会进行得更顺利；因为人民自然会顺从那些贵族，认为他们似乎生来就是要发号施令的。

① 此句的拉丁文本可资参照，拉丁文本的意思是：如果一个人生下来就有头衔的话，那么地位低的人对他所可能怀有的嫉妒，也就得以避免产生出来；但主动的嫉妒则会在一个地位未能上升的人身上爆发出来，嫉妒的对象是受封为贵族的人，而不是生来就是贵族的人。

论无神论

我宁可相信《圣人传》[①]《塔木德》[②]和《古兰经》[③]中的所有寓言，也不愿相信，这个宇宙是只有躯壳而没有精神的。所以上帝从未创造出奇迹来反驳无神论，因为他的一般的造物就驳倒了它。固然少量的哲学知识使人的头脑倾向于无神论，但在哲学上的深刻探讨，却使人的头脑转向宗教。因为当人的头脑观看那些分散的次因的时候，它就可能有时停留在那些次因当中，不再前进；可是当它注视着一连串的次因，那些联合和连接在一起的次因时，它就必然会飞

① 《圣人传》（*the Legend*，亦作*the Golden Legend*），是意大利圣徒传记作者雅各布·德·弗兰金（Jacobus de Voragine，1230? —1298）所编纂的一部圣徒传，其中有圣徒的一些不可思议的故事，如头朝下走路等。

② 《塔木德》（*the Talmud*），是关于犹太人生活、宗教、道德的口传律法集，为犹太教仅次于《圣经》的主要经典。

③ 《古兰经》（*the Alcoran*，即*Koran*），是伊斯兰教的圣书，一译《可兰经》。

向上帝和神。[①] 不仅如此，甚至那个最以无神论而受到指责的学派，也成了宗教的最好的证明；那就是，莱欧西帕斯[②]、德谟克利特[③] 和伊壁鸠鲁[④] 的学派。因为一个由无数小的部分或者原子组成的军队[⑤] 未安置起来，却又会在没有一个神的元帅给他们命令的情况下产生出这种秩序和美相比，那种认为四个可变的成分，和一个不可变的第五要素[⑥]，当它们被适当地和永远地安置起来的时候，也就不需要上帝这个说法，要可信一千倍。《圣经》上说："愚顽人心里说，'没

① 这句话的意思是：如果人只把他的头脑指向事物和现象的直接原因，而没有看到它们之间是什么关系，他就会感到满足而不进一步思考。但如果他看到有一连串的原因，而一个原因又是另一个原因的原因的话，那么他就会随着那一连串原因追溯回去，最后来到那个初因，也就是上帝或者神。

② 莱欧西帕斯（Leucippus），公元前5世纪的希腊哲学家，物质的原子论的首创者。

③ 德谟克利特（Democritus，前460—前370），古希腊唯物主义哲学家、原子论创始人之一，政治上属奴隶制民主派，在伦理上认为幸福是人生的目的，真正的幸福在于心神宁静。

④ 伊壁鸠鲁（Epicurus，约前341—前270），古希腊哲学家，发展德谟克利特的原子说和流射说，强调感性认识的作用，最先提出社会契约说，主张人生的目的是追求幸福。

⑤ "原子组成的军队"云云是修辞上的拟人法。

⑥ 亚里士多德和以后的思想家们与原子论的意见相反，他们认为，我们的地球是由四种可变成分构成的——土、空气、火和水，而物质宇宙的其他部分则是由一种不可变的第五成分或者要素构成。这句话也就是说，没有神来下命令而产生秩序和美，就像四个可变的成分和一个不可变的第五要素的学说不需要上帝一样，都不可信。

有神'。"[1]但没有说"愚顽人心里想"；因而他宁可机械性地对自己说，他愿意相信，而不会说，他能够完全相信，或者说服他相信。除了那些如果无神则有利于自己的人之外，谁也不会否认上帝的存在。无神论与其说是在人的心里，毋宁说是挂在人的嘴上，这一点似乎最见于下述：无神论者在谈到无神论的时候总是说那是他们的见解，好像他们自己在里面昏厥了，因而乐意用别人的赞同来给自己以力量似的。不仅如此，你一定还会看到，无神论者像别的教派一样，也在努力吸收门徒。而且，最重要的是，你一定会看见，他们当中有人宁肯为无神论而殉难，而不肯放弃信仰；而如果他们真正认为并没有神这样的东西，那么他们又为什么自找烦恼呢？伊壁鸠鲁受到的指责是，他只不过是为了他的声望而掩盖真相，因为他肯定地说，是存在着神性，不过那又是一些自得其乐的神性，与世界的治理无关。他们在指责的时候说，他是在见风使舵，尽管在心里他认为是没有神的。但无可否认，他是受到了诽谤；因为他的话是高贵而敬神的："真正亵渎神灵的，并不是否认世俗的神，而是把世俗的信念运用在神的身上。"（Non deos vulgi negare profanum; sed vulgi opiniones diis applicare profanum.）就是柏拉图[2]也没有更多的话可说了。而且尽管伊壁鸠鲁有胆量否认神的治理，却没有能力否

① 见《旧约·诗篇》第14章第1节。

② 柏拉图（Plato，前427—前347），古希腊哲学家，创办学园，提出理念论和灵魂不朽说，其哲学思想对西方唯心主义哲学的发展影响很大。

认神的性质。西方的印第安人尽管没有上帝的名字，但却有他们特有的神的名字：就像未开化的人一样，未开化的人有朱庇特、阿波罗、马耳斯[①]等的名字，却没有上帝（Deus）一词；这表明，甚至那些未开化的人也有上帝的概念，尽管他们没有达到那个范围和程度。这样看来，非常原始的人是和非常深奥莫测的哲学家一起反对无神论者的。沉思的无神论者是罕见的：有一位戴亚格拉斯[②]、一位彼翁[③]，也许还有一位卢奇安[④]，以及某些别的人;然而他们似乎并不名副其实，因为凡是抨击一种被普遍接受的宗教或者迷信的人，都被敌对方加上无神论者的污名[⑤]。但名副其实的无神论者却确实是伪君子，他们老是论及神圣的事情，但却不带感情；这样一来，到最后他们一定是会麻木不仁的。导致无神论的原因，一是宗教的分裂，如果那是分裂成多派的话，因为任何一个重大的分裂都给双方增加热忱，但派别众多就要引起无神论了。另外一个原因就是僧侣的丑闻，当丑闻达到圣伯纳[⑥]所说的程度时就产生无神论，圣伯纳

---

① 朱庇特（Jupiter），罗马神话中的主神。阿波罗（Apollo），罗马神话中的太阳神。马耳斯（Mars），罗马神话中的战神。

② 戴亚格拉斯（Diagoras），公元前5世纪的希腊诗人，因公开宣布相信无神论而亡命他乡。

③ 彼翁（Bion），公元前3世纪的希腊哲学家。

④ 卢奇安（Lucian，约125—约192，一译琉善），古希腊作家、无神论者，著有《神的对话》《冥间的对话》等。

⑤ 读者当以历史的眼光看待此语。在当时，无神论也就是不信神，被看作一种罪过，所以有“加上无神论者的污名”一说。

⑥ 圣伯纳（St.Bernard），12世纪时法国的一位男修道院院长。

说："我们现在不能够说，教士像民众一样，因为事实上民众并不像教士那么糟糕。"（Non est jam dicere，ut populus，sic sacerdos；quia nec sic populus，ut sacerdos.）第三个原因，就是在神圣的事务中进行亵渎神灵的嘲弄的风气，这种风气逐渐地损害了宗教的尊严。最后，学术昌盛的时代，尤其是在同时享有和平与繁荣的时候，会造成无神论，因为动乱和苦难更使人们的精神服从于宗教。否认神的人，也就摧毁了人的高贵，因为无可否认，人在肉体上跟野兽相类似，如果他在精神上不与上帝相近的话，他就是一个卑劣下贱的野兽了。它还同样摧毁高尚的行为，摧毁人性的升华；如果以一条狗为例，人们就会注意到，当它发现自己是被人所豢养的时候，它就会展现出一种何等的豪爽和勇敢的气概，因为对它来说，人就是一个上帝或者一种更好的天性（melior natura）；那个动物如果没有怀有比它自己的天性更好的天性的信念的话，显然是永远也不能获得那种勇气的。人也是一样，当他为神的保护和恩惠所支持并感到放心的时候，他就会聚集起一种人性在自身所不能获得的力量和信念。因而，正如无神论在一切方面都是可恨的一样，在这一方面也是如此，那就是它剥夺了人性所赖以升华于人性的弱点的手段。这在个人是如此，在民族也是如此。从未有一个国家像罗马那样高尚了。有关这个国家听听西塞罗[①] 是怎么说的吧："元老院众议事官们，我

① 西塞罗（Cicero，前106—前43），古罗马政治家、演说家和哲学家，任执政官时挫败喀提林阴谋，力图恢复共和政体，发表反安东尼演说，被杀，著有《论善与恶之定义》《论法律》《论国家）等。

们尽可以自我欣赏；然而在人数上我们比不上西班牙人，在体力上比不上高卢人，在狡猾上比不上迦太基人，在艺术上比不上希腊人，而且在那种作为这个土地和民族的特征的土生土长的正确的判断力上，我们也比不上土著意大利人和拉丁人[1]。但是我们的虔诚、我们的宗教，以及我们对那一个伟大的真理的承认，即一切都是被不朽的诸神的天意所管理和控制着——我们就是在这些方面胜过了世界上所有的部落和民族的。”

---

① 拉丁人指讲拉丁系语言的民族。

论迷信

对于上帝，与其怀有与他不相称的看法，倒不如对他根本没有看法为好。因为没有看法是不信，而怀有与他不相称的看法则是侮慢；而无可否认，迷信就是对上帝的玷污。有关这一点普鲁塔克[①]说得好。“无疑，”他说，“我宁愿让许多人说，根本就没有普鲁塔克这么一个人，也不愿让他们说，有这么一个普鲁塔克，他的孩子一生下来他就要把他们吃了。”就像诗人们有关萨杜恩[②]所讲的那个故事一样。对上帝的侮慢越大，对人们的危险也就越大。无神论把人交给辨别力，交给哲学，交给合乎常情的孝敬，交给法律，交给好名之心；即使没有宗教，所有这一切也会引导人们获得一种外表上的道德美德；迷信却把这一切都去掉了，并在人们的头脑中

① 普鲁塔克（Plutarch，约46—约120），古希腊传记作家、散文家，一生写有大量作品。最著名的是《希腊罗马名人传》。

② 萨杜恩（Saturn），罗马神话中的农神，相当于希腊神话中的克罗诺斯（Cronus）。他的孩子中，除了宙斯之外，都被他吃掉了，宙斯因被一块石头取代而幸免于难。萨杜恩最后被宙斯推翻。

树立一种绝对的专制统治。所以无神论从未扰乱过国家，因为无神论使得人们对自己小心，而这又是因为人们不能看得更远，所以我们看到，倾向于无神论的时代（例如奥古斯都·恺撒的时代[①]），是太平的时代。但迷信却给许多国家带来了混乱，并带来了一个新的第十层天[②]，那个新的第十层天把政体的所有的行星都猛烈而匆匆地带走了[③]。迷信的主人是人民，在一切迷信中，聪明人是跟着愚蠢的人走的，而且争论是以一种颠倒的顺序来适应于常规工作的。在特伦托会议[④]上，经院哲学家[⑤]的学说是很占优势的，会议期间某个高级教士严肃地说："经院哲学家就像天文学家，他们杜撰出偏心圆和

① 奥古斯都·恺撒（Augustus Caesar，前63—后14），古罗马帝国第一代皇帝。恺撒义子与继承人，在位时扩张版图，改革政治，奖励文学艺术。原名屋大维，元老院奉以"奥古斯都"的称号。

② 第十层天（primum mobile）是古希腊天文学家托勒密的天动说中的最外层天体。Primum mobile的引申意义是（行动或运动的）主因、原动力。

③ 这句话可以说是修辞中的混杂隐喻（mixed metaphor）。第十层天喻指迷信。天文学中的第十层天当然只能带走行星，所谓政体中的行星（spheres），实际上是指政体中的各个阶层。这句话是说，迷信给社会各阶层带来了混乱。

④ 特伦托会议（Council of Trent），指在1545—1563年间，在意大利城市特伦托召开的天主教会的第19次普世会议，旨在与新教相抗衡。所谓普世（ecumenical），也就是世界范围的。

⑤ 经院哲学家（Schoolmen）指中世纪的哲学家，他们的目的是遵照理性，并按照他们对亚里士多德的哲学的解释，来对宗教教义进行有逻辑的处理。

本轮[1]，以及像轨道这样的手段，来解释这些刚刚观察到的天文现象[2]，尽管他们知道是没有这样的东西的。”同样，经院哲学家也构想出了若干个深奥莫测而又错综复杂的公理和原理，来解释教会的常规工作。迷信的原因是：令人高兴而又给感官以快感的礼节和仪式；过分的外表上和形式上的神圣；对只能使教会承受重压的传统的过度尊敬；高级教士为了个人的野心和金钱利益而使用的策略；对良好用心的过度偏爱，而那些良好用心又打开了通往别出心裁的想法和新奇事物的大门；以人间的事理来猜测神圣的事物，而这又只能造成概念上的混乱；最后，那就是野蛮的时代，尤其是在野蛮的时代与不幸和灾难结合在一起的时候。不加掩饰的迷信是一件丑恶的事情，因为无尾猿如果像人的话，就更加丑恶；同样，迷信如果与宗教相像的话，也就更加丑恶。正如有益于健康的肉如果腐烂就会生蛆一样，好的形式和规程如果腐败的话，也会变成若干琐碎的仪式。如果人们以为离开原先接受的那种迷信越远越好的话，那么在避免迷信的时候，也会产生出另外一种迷信；因而（就像在排除体内的疾病时那样），应该留心，不要把好的东西和坏的东西一

① 偏心轨道（eccentric）是托勒密天体学说中的术语，指太阳绕地球运行的圆形轨道，而地球不处在圆心。本轮（epicycle）指一个行星运转的轨道，这个轨道有一个中心并沿着一个更大轨道的圆周运转。托勒密用本轮来描述行星的运动。

② 也就是说，为了使托勒密的天文学与刚刚观察到的天文现象取得一致，天文学家们伪称，行星是在偏心轨道上运行的，或者是在以行星为中心的轨道上运行。

起去掉，而当人民就是改革家的时候，却通常是好的东西和坏的东西一起被去掉了。

论旅行

对于年轻人，旅行是教育的一个部分；对于老年人，旅行是经验的一个部分。在多少学到某种语言以前便去某国旅行，就等于去上学，而不是去旅行。年轻人跟着导师或者庄重的仆人去旅行，我也很赞成；只要那人懂得那种语言，或者以前去过那个国家，这样他就能够告诉年轻人，在他们去的国家里有什么东西值得看，应结识什么人，该地有什么活动或者学问。因为否则的话，年轻人就一定会像戴上头罩一样[①]，很少朝外看。在航海旅行的时候，除了天空和大海以外再无什么可看，可人们却记日记；而在陆地旅行的时候，可观察者甚多，可人们却多半并不记日记；好像偶尔见到的东西比观察到的东西更适于记录下来似的，这是一件奇怪的事情。所以日记是应该记的。应该观看和观察的事情是：君主的宫廷，尤其是在他们正式接见外国使节的时候；正在审理案件的法庭，以及正

① 在训练猎鹰的时候，要给鹰隼戴上头罩，使它看不见东西。

在审理案件的教会法庭；教堂和隐修院，及其尚存的历史遗迹；市镇的墙垣和堡垒，以及锚泊地和港口；古迹和遗迹；图书馆、学院，以及学院里的辩论练习[1]和讲座；航运业和海军；大城市附近的豪华建筑和公共娱乐场所；军械库；兵工厂；仓库；交易所；金融市场；货栈；马术训练、剑术训练、士兵的训练，等等；上流人士常去看的喜剧；珠宝和袍服的珍藏室；艺术品陈列室和珍品；以及，总而言之，所去的地方的任何有纪念意义的东西。对所有这一切，导师或者仆人应该做勤奋的调查。至于盛典、假面舞会、盛宴、婚礼、葬礼、处决以及类似的场面，人们是不须把它们记在脑子里的，但也不可忽略。如果你要一个年轻人把他的旅行限于一个小的范围，并要他在短时间内得到许多知识的话，那么你就必须这样做。首先，如上面所说，在动身以前他必须多少懂得那种语言。又如上所述，他必须有一位了解那个国家的仆人或者导师。他也应随身携带描述他要访问国家的一本地图或者图书，那将会是他探索的一把好的钥匙。他也应记日记。他不应在一个城市或者镇待的时间过长；长短依该地的价值而定，但不可过长；不仅如此，当他待在一个城镇的时候，他的住处应从该城镇的一端移到另一端，这样就可以吸引许多相识者。他应和他的本国人分开，而在可以遇见所在国的上流人士的地方进餐。在从一处迁往另一处的时候，他应设

① 辩论练习（disputation），是大学的一种课程，通常是用演绎的争论方法（syllogistic debate）对哲学问题进行学术辩论。

法获得推荐，去见住在他迁至的地方的某个达官贵人，以使那人可在他想看或者了解的那些事情上予以支持。这样他就可缩短他的旅行而收益甚大。至于在旅行中应该结识的人，最有益的就是与使节的秘书和雇员结交，因为这样一来，在一个国家旅行的时候他就一定能吸收许多国家的经验。他还应该看望和访问在国外享有盛誉的各行各业的名人，这样他就可能发现是否名实相符。至于争吵，那是应小心而谨慎地予以避免的。争吵通常是因情人、祝酒、席位以及口角而发生。在与暴躁而又喜欢争吵的人相处的时候应该小心，因为这些人会把他卷入他们自己的争吵之中。旅行者回国以后，不应该把他所游历的国家全然抛在脑后，而应与他所结识的那些最有价值的人保持通信联系。再者，他的游历应表现在他的言谈中，而不应表现在他的服饰和仪态上，而在言谈中，他最好是回答别人的提问，而不应急于讲故事；而且应表现出，他并没有用外国的风俗来改变他本国的风俗，而只不过是把他在国外所学到的某些精华移植到本国的习俗中而已。

论君权

欲望甚少而恐惧甚多，这是一种可悲的心态；然而这通常又是君主的情况；他们因为位及至尊，也就没有什么可渴望得到的，这就使他们的精神更加萎靡不振；他们又看到有险情和阴影的许多表现，这又使得他们更加心神不宁了。这也是《圣经》中所说的“君心难测”[①]的那种情况的一个原因。因为不管是谁，如果他有大量的猜忌，但又缺少某个占主导地位的欲望来约束别的一切并使之有条不紊，那么他的心也就难以测度。所以君王也经常为自己制造欲望，并一心想得到无价值的东西：有时是想得到一座建筑，有时是想建立一个社会等级；有时是想擢升一个人；有时是想专精一艺或一技，如尼禄[②]之于

① 见《旧约·箴言》第25章第3节。

② 尼禄（Nero，37—68），古罗马皇帝，即位初期施行仁政，后转向残暴统治，处死其母及妻，因帝国各地发生叛乱，逃离罗马，途穷自杀，一说被处死。

演奏竖琴，图密善[①]之于射箭，康茂德[②]之于剑术，卡拉卡拉[③]之于御术，等等。对那些不懂得下述规律的人来说，这似乎是不可思议的，那个规律就是，人的精神更因在小事上获益而振奋和振作，而不是因待在大事上而振奋和振作。我们还看到，有一些君王，他们在早年成为幸运的征服者，但由于他们不可能无穷无尽地进取，而且他们在幸运中必须受到某种限制或者抑制，结果他们在晚年变得迷信和忧郁，如亚历山大大帝[④]、戴克里先[⑤]，还有我们都记得的查理五世[⑥]以及别的人：因为习惯于进取的人，如果停顿下来的话，也就不免要自轻自贱，非复故我了。

---

① 图密善（Domitian，51—96），古罗马皇帝，专横暴戾，连年穷兵黩武，对内实行恐怖统治，导致众叛亲离，终被其妻及廷臣谋杀。

② 康茂德（Commodus，161—192），古罗马皇帝，实行暴虐统治，精神逐渐失常，自以为是大神赫丘利转世，经常到斗兽场充当角斗士，被一摔跤冠军勒死。

③ 卡拉卡拉（Caracalla，188—217），古罗马皇帝，是嗜杀成性的暴君，杀害岳父、妻子、兄弟及其弟的友人，大肆屠杀日耳曼人，217年被罗马禁卫军司令刺死。

④ 亚历山大大帝（Alexander the Great，前356—前323），古代马其顿王国国王，即位后，先后征服希腊、埃及和波斯，并侵入印度，建立亚历山大帝国。

⑤ 戴克里先（Diocletianus，约245—313），古罗马皇帝，由禁卫军部属拥戴称帝，开创四帝分治局面，改革内政，加强军队，整顿税制与币制，迫害基督徒。

⑥ 查理五世（Karl V，1500—1558），即西班牙国王查理一世，神圣罗马帝国皇帝，镇压西班牙城市公社起义，反对宗教改革，与新教诸侯和法兰西、土耳其进行战争，争夺西欧霸权失败后退位。

现在谈君权的真正气质：君权的真正气质是一个罕见的东西，并且难以保持，因为气质和失调的气质都是由相反的事物所构成的。但把相反的事物混合起来是一回事，把相反的事物进行互换又是另外一回事。阿波罗尼乌斯[1]对韦斯巴芗所作的回答充满了很好的教益。韦斯巴芗问他："尼禄为什么被推翻？"他回答道："尼禄很会给竖琴弹拨定弦，但在治理国家的时候，他有时把弦轴拧得太紧，有时又把弦轴拧得太松。"无疑，最能毁灭权威的，莫过于对权力的不平衡和不适时的互换，那就是有时压迫过甚，有时又过分放松。

确实，当今在君主的事务中所表现出来的智慧，就是当危险和危害就要出现时找到摆脱和转移它们的方法，而不是采取坚实而又牢固的方法防患于未然。但这只不过是与命运女神争短长，人们应该小心，不可疏忽大意，听任动乱的事件被准备出来，因为谁也不能禁止那火花的出现，也不知它会从哪儿出现。君主工作中的困难是众多而又巨大的，但最大的困难往往是在他们自己的头脑里。因为（如塔西佗所言）君主拥有矛盾的欲望是司空见惯的："君主们的欲望通常是强烈的，又是相互矛盾的。"（Sunt plerumque regum voluntates

① 阿波罗尼乌斯（Apollonius），1世纪时的一位新毕达格拉斯学派的哲学家。毕达格拉斯（Pythagoras，前580至前570之前一约前500），古希腊哲学家、数学家，毕达格拉斯教团的创始人，提倡禁欲主义，认为数为万物的本原，促进了数学和西方理性哲学的发展，著作已失传。

vehementes，et inter se contrariae.）因为权力的谬误，就是想达到目的但却不想忍受必要的手段。

君主须应付其邻国、妃嫔、子女、高级教士或者圣品人、贵族、次等的贵族或者绅士、商人、平民百姓以及军人，而如果不小心谨慎的话，那么所有这些人都可以产生出危险来。

先说他们的邻国。在这一方面没有一般性的法则可以提供（因为情况非常多变），只有一个法则是永远适用的：那就是，君王应保持适当的警惕，使他们的邻国都不会（通过扩充领土，利用贸易，采用疏通行为，等等）过于强大，以至于变得比以往更能为患于本国。而这通常是常务理事会的工作，那就是对此予以预见和防止。在那个国王的三头政治期间，也就是英格兰的亨利八世[①]、法国的法兰西斯一世[②]，以及皇帝查理五世[③]执政期间，就有着这样一种警戒，他们三人当中如果有谁得到尺寸之土，那另外的两位就会立即把它纠正过来，或者是依靠结盟，或者如果必要的话，通过战争，而决不会贪一时之利而与之讲和。类似的事情也由那个联盟

① 亨利八世（Henry Ⅷ，1491—1547），英国国王。他不顾教皇反对，与王后凯瑟琳离异，与安妮结婚，为加强王权，国会通过《至尊法案》，确立国王为英国教会首脑。

② 法兰西斯一世（Francois I，1494—1547），法国国王。他接近人民，保护文艺，进军意大利获胜，在与神圣罗马帝国皇帝查理五世交战中负伤被俘，获释后又多次发动反查理五世的战争。

③ 查理五世，见本篇前注。

做出了（贵特查迪尼[①]称那个联盟是意大利的保障），结盟者一方是那不勒斯国王斐迪南[②]，另一方是洛伦佐·美第奇[③]与路德维克·斯福尔扎[④]，后者一位是佛罗伦萨的统治者，另一位是米兰的统治者。某些经院哲学家的见解也不可接受，那见解就是，只有在先前受到伤害或者挑衅的情况下，所进行的战争才是正义的。因为毫无疑问，尽管没有受到打击，但对濒临的危险有根据的恐惧，也是进行战争的正当理由。

现在谈他们的妃嫔。她们之中是有残酷的例子的。利维亚由于毒死了她的丈夫而声名狼藉；苏莱曼[⑤]的妻子罗克萨拉娜，造成了那位著名的王子穆斯塔法苏丹的死亡，并在别的方面搅乱了他的家庭

---

① 贵特查迪尼（Guicciardini，1483—1540），意大利历史学家和政治家，著有《意大利史》。

② 斐迪南，即斐迪南一世（Ferdinand I，亦作Ferdinando，1423—1494），他于1458—1494年间为那不勒斯国王。他的独裁统治引起了反叛。

③ 洛伦佐·美第奇（Lorenzo de'Medici，1449—1492），佛罗伦萨统治者，意大利籍教皇利奥十世之父、诗人和艺术保护人，战胜帕齐家族和教皇西克斯图斯四世的夺权阴谋。

④ 路德维克·斯福尔扎（Lodovico Sforza，1452—1508），米兰公爵，原为米兰摄政者，极力保护文艺复兴时期的艺术家达·芬奇等，法王路易十二征服米兰时被法国人俘获，在囚禁中抑郁而死。

⑤ 苏莱曼（Solyman，亦作Suleiman，1494—1566），即苏莱曼一世，奥斯曼帝国苏丹，在位时对外进行战争，扩张领土，对内改革行政制度，颁布法律，使奥斯曼帝国达到鼎盛时期。

和皇位继承；英格兰爱德华二世[①]的王后，在她丈夫的被黜和被害中起了主要的作用。因而，最有可能产生这样的危险，是在妃嫔们有了扶立自己孩子的阴谋的时候，要不就是她们有了外遇的时候。

现在谈他们的子女。同样，由他们而来的危险所产生的悲剧也是很多的。一般说来，父亲对他们的子女产生怀疑总是不幸的。穆斯塔法的死亡，对苏莱曼的家族来说是致命的，因为土耳其王室自苏莱曼至今都有王室继承人血统不正之嫌；因为那位谢里姆二世[②]被认为是私生子。克里斯帕斯是一位非常温顺的王子，他被他的父亲君士坦丁大帝[③]杀死了，这对君士坦丁大帝的王室同样也是致命的，因为他的两个儿子康斯坦提奴斯和康斯坦斯均死于非命；而他的另外一个儿子康斯坦修斯，结局也不好，他确实是病死的，不过却是在尤里安[④]起兵反他以后才病死的。马其顿的腓力二世的儿子德米特里厄斯之死，给做父亲的带来了打击，做父亲的是悔恨而死的。

---

① 爱德华二世（Edward Ⅱ，1284—1327），英格兰金雀花王朝国王，宠信佞臣，权力受制于贵族，入侵苏格兰失败，其妻联合贵族将其废黜，被囚禁至死。

② 谢里姆二世（Selim Ⅱ，1524—1574），是苏莱曼一世之子，1566年起为奥斯曼苏丹，耽于酒色，不理朝政。

③ 君士坦丁大帝（Flavius Valerius Constantinus，280—337），古罗马皇帝，统一全国后，加强中央集权，支持基督教，330年迁都拜占庭城，改城名为君士坦丁堡，临死前受洗为基督徒。他留下三个儿子，并将帝国分给他们三人。

④ 尤里安（Julian，亦作Julianus，332—363），古罗马皇帝，宣布与基督教决裂及宗教信仰自由，世称背教者尤里安（Julian the Apostate）。

而且还有许多类似的例子。但这种不信任给做父亲的带来好处的情况却是绝无仅有的。除非那是因为做儿子的公开起兵造反，例如谢里姆一世和他的父亲巴耶塞特[①]、英格兰王亨利二世[②]和他的三个儿子，就是这种情况。

现在谈他们的高级教士。当他们骄横势大的时候，也会产生危险；安塞姆[③]和托马斯·贝克特[④]的时代即如此，他们都是坎特伯雷大主教；他们几乎是用他们的主教牧杖与国王的刀剑一争高低；然而他们也须应付顽固而又傲慢的国王：红脸威廉[⑤]、亨利一世[⑥]、亨利二世。那种危险并非来自神职人员本身，而是产生于神职人员依

① 巴耶塞特即巴耶塞特二世（BajazetⅡ），奥斯曼苏丹，1481—1512年在位。谢里姆一世（SelimⅠ，1467—1520），巴耶塞特的儿子，1512—1520年为奥斯曼苏丹。苏莱曼一世就是谢里姆一世的儿子，1520—1566年在位。

② 亨利二世（HenryⅡ，1133—1189），英国国王，金雀花王朝（又称安茄王朝）的创始者。他的儿子之一就是继他之后为英国国王的理查一世，即大名鼎鼎的狮心王理查。亨利和理查父子二人曾交战。

③ 安塞姆（Anselm，亦作Anselmus，1033—1109）。欧洲中世纪神学家，早期经院哲学的主要代表人物、1093年任英国坎特伯雷大主教，主要著作为《上帝为何化身为人》。

④ 托马斯·贝克特（Thomas Becket，1118—1170），英国国王亨利二世的枢密大臣，后任坎特伯雷大主教，因反对亨利二世控制教会事务遭杀害。

⑤ 红脸威廉（William Rufus），英国国王威廉二世（WilliamⅡ，1056？—1100）的绰号。他是征服者威廉之子，加强集权统治，镇压贵族叛乱，压制英国教会，在新福里斯特打猎时被暗箭射死。

⑥ 亨利一世（HenryⅠ，1068—1135），英格兰诺曼王朝国王，征服者威廉的幼子，即位后颁布《自由宪章》，制止横征暴敛，消除积弊，征服诺曼底，重新统一英国。

赖于国外的影响之时，或者产生于这样的情况，即教士是经人民选举而就职和当选的，而不是由国王或者特定的有圣职授予权的人授予的。

现在谈他们的贵族。与他们保持一定的距离，并不为过；但压制他们，则可使君主更专制独裁，却不那么安全，使他难以做出他想做的任何事情。在拙著《英格兰国王亨利七世史》[①]中我已注意到这一点，须知亨利七世就是压制贵族的，结果他的时代也就充满了困难和麻烦。这是因为，尽管贵族继续忠于他，却没有在他的事业上与他合作。这样一来，事实上他不得不自己来做一切事情。

现在谈他们的次等的贵族。他们产生不出多少危险，因为他们是一个松散的团体。他们也许有时高谈阔论，但这造不成什么伤害；除此之外，他们还是高等贵族的一种抵消力，可使高等贵族不至于成长得过于强大；最后，他们由于是最接近平民百姓的掌权者，也就最能缓和民乱。

现在谈他们的商人。商人是“门静脉”[②]。如果商人不兴旺，那么一个王国就可能虽有健全的四肢，但其静脉却是空的，提供不出什么营养来。向他们所课以的赋税很少有助于君主的收入，因为凡是在小处有所得的人，也就在大处有所失，也就是说特定的税收是

① 亨利七世（Henry Ⅶ，1457—1509），都铎王朝第一代英格兰国王。在博斯沃思战役中击毙理查三世，结束玫瑰战争，同年即王位，为都铎王朝的繁荣昌盛奠定了基础。

② 门静脉（vena porta），它把血液送到肝脏。

增加了，整个贸易量却降低了。

现在谈他们的平民百姓。除非他们有了不起的有力的首领，或者你在宗教观点上，或者他们的习俗上，或者他们的生计上进行干涉，否则他们是不会产生什么危险的。

现在谈他们的军人。如果军人过着团体生活，并习惯于获得赠品的话，那就是一种危险的状况，我们在土耳其禁卫军和罗马的禁卫军[①]身上即看到这样的例子。但是训练士兵，在各自的地方把他们武装起来，由各自的指挥官指挥，而又不给予赠品，则是防御措施，而并非危险。

君主就像天体，既能带来吉祥又能带来霉运，而且他们非常令人崇敬，却不得休息。有关君主的一切规律，实际上包含在这两句铭语里："记住你是人"（Memento quod es homo）以及"记住你是神，或者是神的代表"（Memento quod es Deus，or vice Dei）。头一句话约束他们的权力，后一句话约束他们的意志。

① 禁卫军（pretorian bands），前27—后312年期间古罗马皇帝的御林军，以腐败而臭名昭著。

论进言

人与人之间最大的信任，就是对于提出劝告的信任。因为在其他的信任中，人们只不过是把生活的某些部分托付于人：他们的土地、他们的财产、他们的子女、他们的信贷、某项特殊的事务。但对他们引以为顾问的人，他们则是托付了一切，而被托付的人，则又应该更加忠诚和正直。最明智的君主没有必要认为，信赖劝告会有损于他们的伟大，或者会贬低他们的能力。上帝本人也并非不接受劝告，而是把劝告定为他的圣子①的伟大的名字之一。所罗门称："骄傲只启争竞，听劝言的，却有智慧。"②凡事必有初次的刺激和再次的刺激；如果不把那些刺激掷在对劝告的考虑之上，它们就会被掷在命运的波浪之上，而且会充满前后矛盾之处，充满完成与未完成，就像一位醉汉的踉跄一般。所罗门的儿子③发现了劝告的力

① 圣子即耶稣基督，《旧约·以赛亚书》第9章第6节称他为策士。

② 见《旧约·箴言》第13章第10节。

③ 所罗门的儿子是罗波安（Rehoboam，约卒于公元前914年），他是希伯来人的国王，在他执政时期，"不用老年人给他出的主意"，而是"照着少年人所出的主意"。北部的几个部落在耶罗波安（Jeroboam）的领导下脱离出去，组建了以色列王国。见《旧约·列王记上》第12章。

量，正如他的父亲看到了劝告的必要一样。因为上帝所钟爱的王国首先是被坏主意给搞得分崩离析的。在这一点上，有两个区分总是最能把坏主意给辨别出来，因而对我们不无教益：就人而言，年轻人出的主意是坏主意；就事而言，主张暴力的主意就是坏主意。

不论是劝告与君主的混合以及不可分割的结合，还是君主对劝告的明智而又策略的使用，古人都用譬喻给阐明了：其一就是，他们说，朱庇特娶了梅蒂斯，梅蒂斯象征着劝告，他们旨在以此使君权与劝告联姻。其二就是，接下来的情况是这样的：他们说，在朱庇特娶了梅蒂斯以后，她通过他而怀了孕。但朱庇特又不能容忍她把孩子生出来，于是就把她吞掉了。而由此他本人就怀了孕，并从他的头上生出了全身披挂的帕拉斯[①]。这个怪异的寓言包含着君权的一个秘密，也就是君主应怎样使用他们的国务顾问。首先君主应该把事情交付给他们，这就相当于先是怀孕。但是当事情得到详尽的讨论，在他们商议的子宫里塑造成形，并且成熟起来，就要提出主意时，君主就不容忍让顾问们做出决定和指示，因为那就好像是依靠顾问们似的，而是把事情又拿回到自己的手中，并向世人表现

① 朱庇特是罗马神话中的主神，梅蒂斯（Metis）是他的第一位妻子。梅蒂斯以她的审慎精明胜过别的神而著称。朱庇特怕会生出一个比他还诡诈和伟大的孩子，于是就在梅蒂斯怀孕一个月的时候吞掉了她。后来神打开了他的头，密涅瓦全身披挂从他的头上生了出来。密涅瓦（Minerva）是罗马神话中司智慧、艺术、发明和武艺的女神，相当于希腊神话中的帕拉斯·雅典娜（Pallas Athena）。

出，那些敕令和最终的指示系出自他们自己之手（而那些敕令和最终的指示，由于是带着审慎和权力出现的，也就类似于全身披挂的帕拉斯）。它们不仅产生自他们的权威，而且也产生自他们的头脑和策略（而这又愈加增加了他们的声望）。

现在让我们谈谈劝告的种种不便之处，以及补救的方法。在要求进言和使用劝告中的不便之处有三个：首先，需要把事情透露出来，这样一来事情也就难以保密。其次，君主的权威会受到削弱，好像他们不如平素那样重要一般。最后，还存在着进言不忠的危险，所提出的主意会更有利于进言者而不是纳言者。因为有这些不便之处，所以在某些国王的时代，意大利的政治信条和法国的惯例也就采用了内阁会议制，但这却是一种比疾病还要糟糕的治疗方法。

先说保密。君主并没有义务把所有的事情向所有的顾问传达，而是可以有所取舍。有关他应该做的事情，他也没有必要找人商量，同时也没有必要把他要做的事情宣告出来。但君主应该小心，不要把自己的事情的秘密泄露出来。至于内阁会议，下述可以成为他们的座右铭："我充满了漏洞。"（Plenus rimarum sum）一个以泄密为荣的多嘴的人，所造成的伤害会多于许多知道有责任保密的人。确实，某些需要极端保密的事情，应该是除了君主之外，也就是有一两个人知道，而那一两个人的进言也并非没有用处，这是因为，除了保密之外，他们通常还应始终如一地按照一个方向的精神继续下去，而不会受到扰乱。不过这样一来，那就应该是一位审慎的君主，应该是一个能够用手磨磨面的人[1]，而且那些参与机密的顾问也须是明智的人，尤其应忠实于和可信赖于君主的目的。英格兰国王亨利七世就是如此，他在处理最重大的事情的时候，除了把机密透露给莫顿和福克斯之外，从不透露给任何人。

再说权威的削弱。上面的寓言已经把补救的办法表现出来了。不仅如此，君主在接受进言的时候，他们的尊严非但没有减少，反而是增加了，君主也不会丧失他的顾问对他的依靠，除非或者是一位顾问势力过大，或者是有几个顾问的结合过于紧密，不过这些情况很快就会被发现并得到改变。

最后一种不便之处，也就是人们会怀有私心而进言；无可否认，“他必定在世上找不到信念”（non inveniet fidem super terram）[2]这句话，说的是时代的性质，而不是所有的特定的人的性质。有些人在天性上是忠诚、诚恳、坦率、率直的，而不是狡猾而又复杂的；君主尤其应该把这样的人吸引到自己身边来。除此之外，顾问们通常也并非这么团结，而是彼此警惕，因而如果有任何进言是出于党派的目的或者私人的目的，这种情况多半会传到君主的耳朵里。但最好的补救办法就是，顾问既要了解他们的君主，君主也要了解他们的顾问：

君主的最大的美德，就是了解他手下的人。

（Principis est virtus maxima nosse suos.）

① 所谓能够用手磨磨面的人，也就是自己有办事能力的人。

② 参见《新约·路加福音》第18章第8节。又见《论真理》注。

而另一方面，顾问们也不应该对他们的君主的为人过分好奇。一位顾问的真正的素质，是精通于了解主人的工作而不是主人的天性，只有这样的顾问才会给他进言，而不是迎合他的脾气。君主如果既能个别地征求顾问的意见，又能一起征求他们的意见，那就尤其有益。因为私下里可以更加自由地提出意见，但在别人面前意见则更受尊重。在私下里，人们会更大胆地推心置腹，而在大家在一起的时候，人们会更受到别人的心境的影响。因而，两者兼顾是有益的。在听低级顾问的意见时，最好是在私下里进行，为的是使他们畅所欲言；在听高级顾问的意见时，最好是公开进行，为的是使他们的意见受到尊重。如果君主涉及事情听取进言，而涉及人时却并不同样听取进言的话，那就是徒劳的，因为所有的事情就像无生命的图像一般，而事情的实施的生命，则在于对人的良好选择。在涉及人征求意见时，若是以阶级为标准（secundum genera），那是不够的，以阶级为标准也就是看那个人是何种人，是何种性格，就像对一个概念或者数学题进行描述一样，因为所犯下的最大的错误，和所表现出的最高的判断力，就在于对人的选择得当与否。“最好的进言人是死人”（Optimi consiliarii mortui），诚哉斯言。当顾问们阿谀谄媚的时候，书籍却会说得明明白白。因而熟读书籍是有益的，尤其是那些本人就是政治舞台上的演员所写的书。

今天在大多数地方的磋商，只不过是常见的会议而已，事情更是被谈论了，而不是被争论了。而且又是过于迅速地对磋商的事情做出了决定或者采取了行动。在重大事情上，最好是头一天把问题提出来供考虑，到第二天再讨论；“黑夜带来良言”（in nocte consilium）。处理英格兰和苏格兰合并[1]的委员会就是这样做的，那是一个严肃而又有序的委员会。

我建议为请愿定下日期，因为这既可使请愿者更能确保受到注意，又可使会议机关更有时间讨论国事，这样他们就可以专心处理手头的工作（hoc agere）。在为成熟的事情进行磋商而选择委员会的时候，最好是选择不带偏见的人，而不是为了保持均衡而任用那些各持己见的两派人。我还建议组成常务委员会，例如贸易的、财政的、军事的、诉讼的，以及某些领域的常务委员会。因为在有不同种类的特殊议事机关却只有一个国事议事机关的地方（例如西班牙），那些特殊的议事机关实际上就是常务委员会，只不过它们的权力更大罢了。那些根据其特殊的职业（例如律师、海员、铸币工人等）想向议事机关提供情况的人，应先向委员会陈述。然后，如果有机会的话，再向议事机关陈述。而且他们不应成群结队地前来，或者气势汹汹，因为那就是想以喧嚷左右议事机关，而不是陈述情况。一张长桌或者一张方桌，或者依墙排列的座位，看起来是形式上的东西，实际上却是实质上的东西，因为在一张长桌的上首坐着的几个人，实际上也就控制了一切事务。而围坐在一张方桌旁

① 指1603年英格兰和苏格兰王国政府的合并。

时，顾问们的意见就比坐在长桌下首时易被采用。君主在主持会议的时候，应该留心，不可在提出问题供讨论时过于表明他本人的倾向。否则的话，顾问们就会见风使舵，不是自由地进言，而是要给他唱一首宽心话（placebo）的歌曲了。

论拖延

运气有如市场；在市场里，往往如果你多待一会儿，价格就会下降。而另一方面，运气有时就像西比尔[①]所开出的价格一样，她先是要卖货物的全部，然后毁掉货物的一个又一个部分，却仍然维持原先的价格。因为（正如普通经文里所言），机会“先是把她额前的一绺垂发呈现出来，然后又露出一个秃顶的脑袋，结果也就让人抓不住”[②]；或者起码是先把瓶子的把手给你，如果你不抓住，那么就再把瓶子的肚子给你，而瓶肚子是很难抓住的。无疑，最大的智慧莫过于正确选择事情的开始和开端的时机。危险如果曾经似乎是

① 西比尔（Sibylla，其英语名为Sibyl），古希腊、罗马的女预言家。塔昆是传说中的公元前6世纪时罗马第七代国王。西比尔提出要卖给塔昆9卷书，塔昆拒绝了，于是西比尔毁掉其中的3卷，但对剩下的书仍索要同样的价格。塔昆又拒绝了，西比尔又毁掉3卷，对剩下的书还是索要同样的价格。塔昆购买了剩下的3本书，发现书中有政治上和宗教上的信息。在危急时刻，罗马人就求教于西比尔的这几卷书。

② 英语有seize time（或者opportunity）by the forelock一语，意为抓住时机。此语可资比较。

无关紧要的话，那么也就不再是无关紧要的了；而更多的危险与其说是逼迫了人们，毋宁说是欺骗了人们。不仅如此，与其长久地注视着某些危险的来临，不如在那些危险走在中途时迎接它们，尽管它们还根本没有逼近；因为一个人如果注视的时间过长，也就可能睡着。而另一方面，如果受到太长的影子的欺骗（月亮低垂照在敌人的背上时就是这种情况），因而就过早开枪，或者过早地匆匆迎上前去，从而招致危险前来，那就是另外一个极端了。（我们所说的）时机，它的成熟与否必须永远予以仔细权衡；一般说来，有益的做法就是把所有的大举措的开端交付给长着一百只眼睛的阿耳戈斯[①]，把其终结交付给长着一百只手的布里阿柔斯[②]，先是注视，然后是快速行动。须知可使政治家隐形的普路托[③]的头盔，也就是在议事时保密，在执行时迅速。因为事情一旦到了执行的时候，迅速就是最佳的保密，就好像子弹在空气中的运行一样，其飞行之迅速为目力之所不及也。

① 阿耳戈斯（Argus），希腊神话中的百眼巨人。引申的意思就是警惕的守卫者。

② 布里阿柔斯（Briareus），希腊神话中的百手三巨人之一。

③ 普路托（Pluto），希腊神话中的冥王，他所戴的头盔使他能隐形。

论狡猾

我们把狡猾看作一种欺骗性的或者欺诈性的智慧。无可否认，在狡猾的人和聪明的人之间，有着巨大的差异，这种差异不仅表现在诚实上，也表现在能力上。有的人洗牌时能耍花招，却打不好牌；同样，有些人精通于耍弄阴谋和结党拉派，但在别的方面却是无能之辈。而且，了解人是一回事，了解事情又是另外一回事，因为有许多人在了解人的脾气上得心应手，但在真正办事上却并不那么有能耐，这就是钻研人多于钻研书本的人的素质。这样的人更适合于密谋而不是提出建议，而且他们只熟悉他们自己的地滚球球道：如果让他们面对新的人，那么他们就会失去目标；因而那条把聪明的人和愚蠢的人识别出来的古老的准则，也就难以适用于他们，那条准则是："如果你让他们两人都赤裸着身子走到陌生人当中去的话，你就一定会识别出来。"（Mitte ambos nudos ad ignotos，et videbis.）而且因为这些狡猾的人就像零售商一样，所以把他们的商品展示出来也就并非不恰当。

狡猾的一个要点就是，在与人谈话的时候，要用你的眼睛仔细地注视你的谈话对象，耶稣会会士[①]的戒律就有这么一条。因为有许多聪明的人，他们心里所怀有的秘密从表情上就可察觉出来。然而在这样做的时候，有时需要谦虚地垂下你的目光，耶稣会会士也是这样做的。

另一个要点就是，当你有需要迅速办理的事情时，你就谈某个别的事情来吸引你所交涉的人的注意力，这样他就不会过于清醒，也就不会反对了。我认识一位王室顾问兼大臣，他每当找到英格兰的伊丽莎白女王要她在账单上签字时，总是先和她谈论一番国家大事，这样一来，她就会不那么在乎那些账单了。

同样可以出其不意的是，在对方正在匆忙之际提出你的要求，这样他就不可能停下来深思熟虑地考虑你所提出的要求。

如果一个人怀疑某个别人会漂亮而又有效地提出一项议案，同时又想阻止该议案，那么他就可以假装赞同，并亲自把它提出，但提出的方式又令人反感，从而使它得不到通过。

想说什么话但又突然停止，好像是自己打断自己的话似的，这就足以使与你交谈的人兴趣增加，更想知道你要说的事情。

任何事情，如果似乎是问出来的而不是你自己提出来的话，也

① 耶稣会会士（Jesuit）即耶稣会的成员。耶稣会（the Society of Jesus）是西班牙教士罗耀拉（Ignacio de Loyola，1491—1556）于1534年创办的，它是天主教的一个修会，强调会士应绝对效忠教皇。

就更有效果，因而，你可以为一个问题设下一个诱饵，展现出一副与你素日不同的面容和表情，目的是给对方一个机会，使他询问造成这种变化的原因何在。尼希米[1]就曾这样说："我素来在王面前没有愁容。"

在棘手而又令人不快的事情上，最好是让讲话没有分量的人开个头，然后再让讲话有分量的人好像偶然出现似的，这样人们就可以根据前面那个人的话来问他问题，那西瑟斯在向克劳狄报告梅萨利纳和西利乌斯的婚事时[2]，就是这样做的。

在有些事情上，如果一个人不愿意把自己搅在里面的话，那么一种狡猾的办法就是借用世人的名义。譬如说，"人家都说"，或者"外面有一种传闻"。

我认识一个人，他写信的时候，总是把最重要的事情写在附言里，好像那是件附带的事情似的。

我还认识一个人，他在说话的时候，总是把他最想说的话置于

① 尼希米（Nehemiah）是公元前5世纪希伯来领袖，曾重建耶路撒冷城墙。文中所引的话见《旧约·尼希米记》第2章第1节。王指波斯王亚达薛西（Artaxerxes，亦译阿塔泽克西兹，前464—前424），亚达薛西问尼希米为何悲伤，尼希米求归，亚达薛西遂送他回故土。

② 克劳狄（Claudius，前10—后54），罗马皇帝。那西瑟斯（Narcissus）是解除了奴籍的自由人，任克劳狄的秘书，深得克劳狄的信任。那西瑟斯说服两个女人向克劳狄告密，说皇后梅萨利纳（Messalina，22—48，她是克劳狄的第三个妻子）与人私通。那西瑟斯随后披露了详情。梅萨利纳的情人西利乌斯（Silius）遂被处死。

一边，先言其他，然后回过头来再谈那件事情，好像他几乎把它给忘了一般。

有些人在他们所试图影响的人出现时，显得惊讶，好像那人是突然出现在他们面前似的，他们又让人家看见，自己手里拿着一封信，或者做着平常并不做的事情，这样人家就会表示疑问，而人家所问的事情又是他们最想说的。

狡猾又有一术，那就是以一个人自己的名义说出一些话来，而那又是要让另外一个人学会而且应用的，并因此而占到便宜。我知道有两个人，他们在伊丽莎白时代是大臣的职位的竞争者，然而两人依然交好，并且经常就这件事情互相商量；其中一人说，“在一个君主国衰微之时”做大臣是件棘手的事情，因而他不想做大臣。那另外一个人直接借用了这些话，并同他的好几个朋友谈论，说在一个君主国衰微之时，他无意做大臣。那头一个人抓住这句话，设法让女王听见，女王听说有“一个君主国衰微之时”一语，大为不悦，于是再也不肯听那另外一个人的请求了。

有一种狡猾，我们在英格兰把它称为“在平底锅里翻饼”，那就是，明明是甲对乙所说的话，甲却赖成是乙对他说的。但老实说，这样的事情若是在两人之间发生，要搞清楚是谁先说出来的，那是不容易的。

有些人有一种法子，就是以否认的口吻为自己辩解，从而影射他人，譬如说，“我是不干这个的”。提格利努斯针对巴罗斯[1]的所为就是如此，提格利努斯说：“他说他并无二心，唯以皇帝的安全为念。”（Se non diversas spes，sed incolumitatem imperatoris simpliciter spectare.）

有的人常备有许多传闻逸事，每当他们想旁敲侧击地说出什么事情时，他们总是把它包裹在一个故事里，这既使他们自己更受到保护，又使得别的人更乐意传播。

把自己想得到的回答用自己的话和主张说出来，是狡猾的上策之一，因为这会使对方顾虑更少一些。

有些人在说出他们想说的话之前，会等候很长的时间，会拐弯抹角，会在说了许多别的事情以后才转向正题，这是一件奇怪的事情。这是需要极大的耐心的，不过也很有用处。

一个突然、大胆而又出其不意的问题，往往能令人大吃一惊，并能把他暴露出来。这就像一个人，他改了名字，走在圣保罗大教堂[2]里，而另外一个人突然来到他的身后，并喊着他的原名，于是他就会立即回过头看。

但狡猾的这些小货色和小伎俩是无穷无尽的，若把它们一一列举出来，也未尝不是一件好事，因为在一个国家里，为害最烈的，

① 提格利努斯（Tigellinus），罗马皇帝尼禄（Nero，37—68）的宠臣。巴罗斯（Burrhus），尼禄的禁卫军司令，后被尼禄处死。

② 圣保罗大教堂（Saint Paul’s Cathedral）是英国伦敦的基督教堂。

莫过于狡猾的人被当作聪明的人了。

无可否认，有一些人，他们知道事情的盛衰沉浮，但却不能深入事情的中心，就像一栋房子，它有方便的楼梯和通道，但却没有一个好的房间一般。因而你一定会看到，他们在结论中找到了走出困境的途径，却完全不能对事情进行检查和争论。然而他们通常却是因为无能而获得了利益，并且会被认为是具有指导事务的天赋的才子。有些人更是依赖于欺骗他人（如我们现在所说的），他们是“在别人的身上要花样”，而不是依赖于他们自己在处理事情上的可靠。然而所罗门有言：“愚蒙人是话都信，通达人步步谨慎。”（Prudens advertit ad gressus suos；stultus divertit ad dolos.）[①]

---

① 语见《旧约·箴言》第14章第15节。

论为了私利的智慧

蚂蚁对自己来说是一种聪明的生物，但在一个果园或者花园里却是一种有害的东西。无可否认，深爱自己的人们也就损害了公众。应理性地把自爱和社会分开，既忠实于自己，又无欺于他人，尤其是不可不忠实于你的君主和国家。自我是一个人的行为的一个可怜的中心。它恰恰就像地球一样，因为只有地球自己才是固定不动的，而与天空关系密切的一切天体，则是围绕着别的天体的中心运转着，并有益于别的天体。[①]认为一切都属于一个人的自我，这在至尊的君主身上是可容忍的，因为他们自己并不仅仅是他们自己，而是他们的善恶乃公众的命运之所系。但这种情况若是发生在君主的一位臣仆身上，或是发生在共和国的一位公民身上，则是一件非常不幸的事情。因为凡是经过这样的事情，他都要为了他自己的目的而予以扭曲，而这必定往往是与他的主人或者国家的目的相悖。因而君主或者政府应该选

① 这里培根所依据的，是当时仍为人们所接受的托勒密的学说即天动说。认为地球是宇宙的中心，各天体是绕地球而动的。

择没有这样的污点的臣仆，除非他们的本意是要那些有污点的人做从属性的工作。为了私利的更为有害之处在于，一切均衡都丧失了。把仆人的利益置于主人的利益之前，是足够失衡的了，但若是仆人的一点小小的利益竟会使事情与主人的巨大的利益作对，那就走到更大的极端了。然而这却是不良的官吏、司库、使节、将军和别的不忠而又腐败的臣仆之所为。这偏离了他们的固有的职责，那是向他们自己的小目的和小怨恨的偏离，结果却毁坏了他们的主人的巨大而重要的事业。而且在很大程度上，这样的臣仆所获得的利益与他们自己的命运成比例，但他们为了获得那个利益而带来的伤害，却是与他们的主人的命运成比例。无可否认，极端的自爱者的本质就是，即使只不过是为了烤熟他们的鸡蛋，他们也会把一栋房子点燃，然而这些人却又往往受到他们的主人的信任，因为他们所钻研的，只不过是取悦于主人和自己获利；而不论是为了取悦于主人还是为了自己获利，他们都会抛弃他们的主人的事业的利益。

为了私利的智慧，从它的许多方面来看，都是一件堕落的事情。它是老鼠的智慧，在房屋就要倒塌之前，老鼠是一定要离开的。它是狐狸的智慧，狐狸把为它掘穴造屋的獾逐了出去。它是鳄鱼的智慧，鳄鱼要吞食的时候便落下眼泪。但尤其应该注意的是，那些“无与伦比的自爱者”（sui amantes，sine rivali，西塞罗说庞培就是这样的人[1]），却往往是不幸的。尽管他们把他们的时代的一切当成自己的牺牲品，其结果却是，他们自己反而成了反复无常的命运女神的牺牲品，他们本来以为，命运女神的双翼已被他们的为了私利的智慧给缚住了呢。

① 西塞罗（Cicero，前106—前43），古罗马政治家、演说家和哲学家。庞培（Pompey，前106—前48），古罗马统帅、政治家，曾两度任执政官，和恺撒、克拉苏结成“前三头政治（联盟）”，后与恺撒发生冲突，被恺撒打败，逃到埃及后被杀。

论革新

婴儿刚生下来并不好看，一切革新亦然，革新便是时间的婴儿。[①]尽管如此，但鉴于那些最先给家庭带来荣誉的人，通常比大多数的继承者更有价值，所以最初的先例（如果是好的话），也就很少有与之相媲美的对它的模仿。因为对反常的人性来说，恶有着一种自然的运动，而且在持续的时候运动最为有力；但是善，它作为一种被迫的运动，却是在一开始的时候最有力。[②]无疑，每一种药都是一种革新，而不愿使用新的药品的人，也就不得不预备着害新病：因为时间是最伟大的革新者，如果时间在其进程中把事情变得更糟，而智慧和忠告又不能把事情变得更好的话，其结局将会是什么呢？确实，凡是由习俗所确立的东西，尽管可能不好，但起码也

---

① 也就是说，革新是时间的产物。

② 也就是说，人的天性是堕落的，因而恶自然在人的身上变得更加强大；但善又与人的堕落的天性相对立，因而需要把善强加在人性的上面。因此，善自然也就趋向于减少。例如，如果一个天生懒惰的人迫使自己工作的话，那么他就发现，与维持他的勤奋相比，减少他的勤奋要更容易一些。

是合适的。那些长期并行的东西，也好像是在自身之中的盟友，而在另一方面，新的事物却凑合得不那么好，尽管它们因为其效用而有用，然而却也因为它们的不和谐而带来麻烦。除此之外，新的事物就像陌生人，更令人感到好奇而不是令人喜爱。如果时间是静止不动的话，那么这些话当然都对。反之亦然，如果时间迅速移动的话，那么对习俗的一种固执的保留，也就像一项革新一样，成为一件动荡的事情。而且那些对昔日过于崇敬的人，也就只不过成了今日所嘲笑的对象。因而有益的做法是，人们在进行革新的时候，能够仿效时间本身的榜样，因为时间确实是在极大的程度上进行革新的，但又是静悄悄地、逐渐地进行革新的，几乎令人觉察不到。因为如果不这样的话，任何新的事物都会是始料不及的，而且它又总是既有所改善，又有所损害。受到帮助的人，就会把它看作交了好运，并且感谢时代；而受到伤害的人，则把它看作受到了不公正的待遇，并把它归咎于革新的倡导者。还有一个有益的做法就是，不要试图在国家里进行实验，除非其必要性是迫切的，或者其效用是明显的；还应非常小心，改变应该是由改革所引起的，而不应是改变的欲望把改革当成一个借口；最后，新奇的事物，尽管不应予以拒绝，但也应受到怀疑，正如《圣经》所说：“你们当站在路上察看，访问古道，那是善道，便行在其间。”[①]

① 见《旧约·耶利米书》第6章第16节。

论迅速

过于求速的欲望，是工作上所可能有的最大的危险之一。它就好像医生所称的预先消化[①]，或者仓促完成的消化，一定会使人体中充满了未被消化的食物和疾病的隐蔽的种子。因而，不应用开过几次会来衡量迅速与否，而应用工作的进展来衡量迅速与否。在赛跑当中，速度依靠的并不是步幅之大或者抬腿之高，同样，在工作上，获得迅速所依靠的，是保持与事情的接近，而不是同时做工作中的太多的事情。有些人一心想做的，只不过是暂时迅速获得成功，或者设法把并没有完成的工作草草了结，以便使自己看起来是迅速的人。但通过压缩来缩短是一回事，通过剪掉来缩短又是另外一回事。类此，以数次会议来办理的事务，通常是往返多次而无一定之规。我认识一个聪明人，他有一句口头禅，他看见人们要匆匆做出结论了，就说："如果再待一会儿的话，我们就会更快地结束了。"

---

① 预先消化（predigestion），即用类似消化过程的加工过程对食物进行的预先消化。

而在另一方面，真正的迅速又是一件宝贵的事情。因为时间是衡量工作的标准，正如金钱是衡量商品的标准一样。而做事不迅速的时候，工作也就付出了昂贵的代价。斯巴达人和西班牙人均以迟缓著称："让我的死亡来自西班牙吧！"（Mi venga la muerte de Spagna）因为这样一来，死亡一定要用很长的时间才能到来。

对那些提供工作的第一信息的人，应好好地听其所言，如有指示应在开始的时候说明，而不应在他们讲话的过程中插嘴，因为被人搅乱了次序的人，将会翻来覆去地讲述，并在回想他想说的话的时候，变得比他顺着自己的思路讲下去时更为冗长可厌。但有时可以见到，会议主席比发言者更令人生厌。

重复通常是时间的丧失，但最大地赢得时间，却又莫过于经常重复问题的状况，因为这样做，也就在许多无关紧要的话要说的时候，把它们给驱逐掉了。冗长而又过详的言辞之于迅速，就像带有长拖裾的袍子或者斗篷之于赛跑一样。开场白、转折的话语、辩解的话语，以及涉及人所说的别的话，都是对时间的极大浪费，它们虽然好像是出于谦虚，实际上却不过是虚张声势而已。然而在想妨碍或者阻挠人们的意愿的时候，却应该小心，说话不可过于生硬，因为针对怀有先入之见的头脑，说话总是需要先委婉一番，就像要使药膏生效需要先热敷一样。

最重要的是，对各个部分作次序上的安排、分类和挑选，乃是迅速的生命，只要那分类不是太精细就可。因为不善于分配的人，也就永远不能很好地开始工作，而分配过细的人，也就永远不能利落地从中脱身。选择时间就等于节约时间，而不合适的举动则不过是乱打空气而已。工作有三个部分——准备、争论或者检查，以及完成——如果你要迅速的话，那么在这三项当中，只有中间的那一项才是许多人的工作，而第一项和最后一项则是少数人的工作。先把设想出的东西写出来，再以此开始工作，多半是有助于迅速的，因为即使所写出的东西完全被否决了，但就获得新的计划而言，那个反面的设想也比一个含糊其词的设想更富于指导意义，就像灰烬比尘土更能肥田一样。

论表面上的聪明

有一种见解认为，法国人比他们所表现出的样子聪明，而西班牙人则表现得比他们实际上的情况聪明。[①]但不论国与国之间情况是否如此，人与人之间的情况却无可否认是如此的，因为，有关敬虔使徒有言："有敬虔的外貌，却背了敬虔的实意。"[②]同样无可否认，有些人就智慧和能力而言可以说是一无是处，却又非常认真："以巨大的努力生产出无价值的东西。"（magno conatu nugas）这些所谓的聪明人采用了什么样的手段，用小型轻便望远镜，竟使得画面有如既有深度又有体积的立体物一般，这在一个有见识的人看来，是一件可笑的事情，并且适合于写进讽刺作品之中。有些人非常隐秘矜持，结果只有在阴暗的光线下才把他们的货物展现出来，

① 如果极而言之，这句话也可以理解为：法国人显得不聪明，但实际上聪明；西班牙人显得聪明，但实际上不聪明。

② 这里的使徒指保罗，引文见《新约·提摩太后书》第3章第5节，这是保罗在信中对他的年轻助手提摩太说的话。

并且似乎在某种程度上总是拒绝泄露天机；在他们心里明白他们说的是自己并不很懂的事情的时候，他们却想在别人的面前表现出，他们不是不懂，而是不想明说。有些人用表情和手势来帮助自己，是凭借着示意动作而聪明的。正如西塞罗有关皮索[①]所说的那样，当皮索回答西塞罗提出的问题的时候，皮索把一个眉毛耸到前额上，把另一个眉毛弯到下巴上去了："你把一个眉毛耸到前额上，把另一个眉毛弯到下巴上，以此来回答道，你并不赞成残酷。"（Respondes，altero ad frontem sublato， altero ad mentum depresso supercilio，crudelitatem tibi non placere）有些人想用一个伟大的字眼来证明自己的论点，并咄咄逼人地讲下去，把他们所不能证实的事情当作理所当然的事情。有些人把凡是他们所不懂的东西，都看成并不相干或者过于微妙，因而蔑视它，或者对它毫不在乎，这样一来他们的无知就似乎是识别力了。有些人总是进行细微的区分，他们往往是用巧辩娱人，借此离开了正题。A.盖利厄斯[②]说这种人是"只不过是用言辞上的奥妙便坏了大事的疯子"。（Hominem delirum，

① 皮索（Piso）一家是古罗马的一个显赫家族，在古罗马帝国第一代皇帝奥古斯都去世以前，这个家族有11个成员曾任执政官，有多名成员曾在帝国的各个行省取得战功。这里所说的皮索，当为与西塞罗同时代（公元前1世纪）的一位皮索家族成员。

② 盖利厄斯（Aulus Cellius，130？—180？），古罗马作家。不过此系培根误记，这句话应是昆提利安之语。昆提利安（Quintilian，35？—96？），古罗马修辞学家、教师，所著《雄辩术原理》（12卷）反映了古罗马后期强调道德教育的教育思想。

qui verborum minutiis rerum fran-git pondera）柏拉图在其《普罗泰哥拉》一文中，也嘲弄了普罗第克斯[①]，普罗第克斯就是那种人。柏拉图让普罗第克斯作了一个演讲，那个演讲从头到尾全是分辨异同之词。一般说来，这样的人发现，在一切商讨之中站在否定的一方是容易的，并且试图通过提出相反的意见或者预言有种种困难，来获得信任。因为当建议被否决的时候，那就是建议的结束；但如果被通过，那就需要做新的工作；这种假聪明是工作的祸根。总之，生意萧条的商人，或者将自己的贫穷严格保密的一文不名的人，为了维持其有钱的信誉而采用的花招，也没有这些不学无术的人为了维持其有能力的信誉所采用的花招多。表面上聪明的人可能会尽力做到获得好名声，但谁也不应该在雇用人的时候选择他们，因为无可否认，为了工作，你与其雇用一个所谓的聪明人，还不如雇用一个多少有点可笑的人。

① 普罗泰哥拉（Protagoras，前481—约前411），古希腊哲学家、智者派的主要代表人物，提出相对主义的著名命题“人是一切事物的尺度”，著有《论神》等，因被控以不信神之罪，著作被焚。普罗第克斯（Prodicus），与普罗泰哥拉同时代的古希腊智者派哲学家。智者派，又称诡辩派，是以传授诡辩术、修辞、伦理学等知识为业的古希腊哲学家的称号。柏拉图在其《对话录》中的《普罗泰哥拉》一文中，抨击了普罗泰哥拉对修辞的强调，以及他认为没有绝对的善的诡辩派的思想。

论友谊

“喜欢孤独的人不是野兽便是神。”若是要说出这句话的人，把比这句话中所包含的更多的真理和谎言置于寥寥数语之中，那是困难的。[①]因为若是说，对社会的一种天生的和秘而不宣的仇恨与厌恶，不论是在谁身上，都多少带有野蛮的兽性，这是非常正确的，但若是说这种仇恨和厌恶竟会具有神圣的性质，则又是最不正确的，除非它并不是来自在孤独中的满足，而是来自一种爱好和欲望，那就是为了获得一种更高的生活方式而隐居：人们发现，有些异教徒就曾佯作具有这样的爱好和欲望。比如克里特人埃皮米尼迪斯[②]、罗

① 此引语见于亚里士多德的《政治学》第1章第1节，也就是说，亚里士多德的这句寥寥数语的话，包含了同样长短的句子中所可能有的最多的真理和谎言。

② 克里特（Candia，亦作Crete）是希腊南部的一个岛屿。埃皮米尼迪斯（Epimenides），6世纪时克里特岛的一位诗人，据说曾在一个山洞里一睡不醒达57年。

马人努马[①]、西西里人恩培多克勒[②]、蒂亚那人阿波罗尼乌斯[③]，就是这样的人。而且在早期基督教会的形形色色的独居修道士和长老身上，也确实可以看到这样的情况。但人们并没有认识到什么是孤独，以及孤独的范围有多大。因为如果没有爱，那么人群也就并非同伴，一张张面孔也就只不过是图片的画廊，交谈也只不过是铙钹的叮当作响而已。有句拉丁谚语可以说是一语道破："大城市就意味着大寂寞。"（Magna civitas，magna solitudo）因为在大城市里，朋友们是分散的，因而多半也就没有在小城市里的那种伙伴关系。但是我们不妨更进一步，非常真诚地断言，缺少真正的朋友乃是一种纯粹而又可悲的孤独，没有真正的朋友，则世界只不过是一片荒原而已，而且甚至在孤独的这个意义上，也可以说，不管是谁，如果他在天性的状态和感情上与友谊格格不入的话，那么他的这种天性和感情也就来自兽性，而不是人性。

友谊的一个主要的果实，就是使心中的郁结和壅塞得到解脱和

① 努马（Numa），是传说中的古代罗马七王相继执政的王政时代的第二代国王，活动时期在公元前700年前后，曾创立宗教历法，制定各种宗教制度。他声称，一位仙女曾在一个山洞里教他制定法律。

② 恩培多克勒（Empedocles，前495—约前435），古希腊哲学家、诗人、医生，持物活论观点，认为万物皆由火、水、土、气四种元素所形成，动力是爱和憎，爱使元素结合，憎使元素分离。

③ 蒂亚那（Tyana）是位于土耳其南部的托罗斯山（mount Taurus）山脚下的一个城镇，阿波罗尼乌斯（Apollonius）即生于该镇。阿波罗尼乌斯是1世纪时的古希腊哲学家，据认为曾创造过奇迹。

宣泄，各种情感都能造成和诱发这种郁结和壅塞。我们知道，堵塞和窒息的疾病是身体中最为危险的疾病，在精神上也没有什么不同。你可以服用撒尔沙[①]以通肝，服用含碳的铁粉以通脾，服用提纯的硫黄以通肺，服用海狸香以通脑，但除了真正的朋友之外，什么药方都不能打开心扉。你可以向一个真正的朋友透露悲伤、欢乐、恐惧、希望、怀疑、忠告，以及压在心头的任何事情，就像在教堂外做忏悔一样。

伟大的国王和君主，给我们所谈到的友谊的这个果实定下了一个非常高的价格，这是一件奇怪的事情：价格太昂贵了，结果他们往往冒着给自己的安全和伟大所带来的风险去购买它。因为君主，由于他们在命运上与他们的臣民和仆人距离太大，也就不能摘到这个果实，除非（为了能使自己享受友谊起见）他们把一些人擢升到同伴或者几乎是侪辈的地位，而这结果又往往是带来麻烦的。现代语言给这种人起的名字，叫作亲信，或者心腹，好像这是一种宠爱或者态度。但其罗马的名字却表达出了其真正的用处和原因，罗马名字称他们为分忧者（participes curarum），因为这使得他们结合了起来。而且我们清楚地看到，不仅是软弱而又容易冲动的君主如此，而且有史以来最有智有谋的君主也如此。他们往往与他们的一些臣仆结交，彼此互称朋友，并让别的人也把他们相互称之为朋

① 撒尔沙（sarsaparilla）是一种美洲产的热带植物，其根可作药用。

友，对朋友一词的使用就和普通私人之间的使用一样。

L.苏拉在管辖罗马的时候，把庞培（后来绰号为伟人庞培）抬举到那样的高度，结果庞培竟自吹胜过苏拉一筹[1]。有一次庞培举荐他的一个朋友做执政官，与苏拉所举荐的人竞选，结果庞培举荐的人获得通过，苏拉因而有些不满，口吐怨言，庞培则反唇相讥，并且实际上要他住嘴："更多的人是崇拜朝阳而不是落日。"在尤利乌斯·恺撒，则有德西姆斯·布鲁图[2]，布鲁图对恺撒的影响，竟使得恺撒在遗嘱中立他为第二继承人，位列他的外甥[3]之后。而此人正是有力量置恺撒于死地的人。恺撒由于有某些不祥的预感，尤其是由于卡尔普尔尼亚[4]的一场梦，因而想解散元老院，这时布鲁图轻轻地拉着恺撒的胳膊，把恺撒从椅子

① 苏拉（Lucius Cornelius Sulla，前138—前78），古罗马统帅、独裁官，加强元老院权力，实行军事独裁统治，自行退隐普托里庄园，实际上对罗马国事仍有重要影响，次年病死。庞培（Pompey，前106—前48），古罗马统帅、政治家，曾两度任执政官。

② 尤利乌斯·恺撒（Julius Caesar，前102或前100—前44），古罗马统帅、政治家。德西姆斯·布鲁图（Decimus Brutus，更为人们所熟悉的名字是马可·布鲁图（Marcus Junius Brutus，约前85—前42），古罗马贵族派政治家，刺杀恺撒的主谋者，后逃到希腊，集结军队对抗安东尼、屋大维联军，战败后自杀。

③ 即后来的古罗马帝国第一代皇帝奥古斯都（Augustus，前63—后14），原名屋大维。屋大维是恺撒的姐姐阿蒂亚（Atia，亦作Accia）之子，后被恺撒收为养子。见《论迷信》注释。

④ 卡尔普尔尼亚（Calpurnia，？—前44），罗马贵妇，恺撒的第三个妻子，恺撒因未听从她不要去元老院的劝阻而遇刺。

上拉了起来，并告诉恺撒，他希望恺撒能等到他的妻子做了一个好梦以后再解散元老院。安东尼[1]有一封信，西塞罗在一篇抨击安东尼的演说中曾一字不差地（verbatim）引用过，安东尼在那封信中称布鲁图为巫师（venefica），好像他对恺撒施了妖术一般，由此他的受宠之深可见一斑。奥古斯都把阿格里帕[2]提拔到非常高的地位（尽管他出身卑微），结果当奥古斯都就他的女儿朱莉娅的婚事征求米西纳斯[3]的意见时，米西纳斯竟冒昧地告诉他："你必须或者把你的女儿嫁给阿格里帕，或者把阿格里帕杀死，没有第三条路可走，因为你已经使阿格里帕非常伟大了。"在提比略·恺撒，则有塞扬努斯[4]，塞扬努斯爬上了如此高的地位，以至于两人被称作和视为一双朋友。提比略在给他的一封信中说："由于我们的友谊，所以我并没有掩盖这些事情。"（H aec proamicitia nostra non occultavi）鉴于他们两人之间的珍贵的友谊，整个元老院为"友谊"建了一座圣坛，就像给一位女神建

① 安东尼（Antonius，前82—前30），古罗马统帅和政治领袖。

② 阿格里帕（Agrippa，约前63—前12），古罗马帝国皇帝奥古斯都的密友、副手和得力将领，历任执政官、护民官和帝国宰相。

③ 米西纳斯（Maecenas，前70—前8），罗马贵族、巨富、奥古斯都的密友和顾问，著名的文学赞助人。

④ 提比略·恺撒（Tiberius Caesar，前42—后37），古罗马第二位皇帝。塞扬努斯（Sejanus，？—31），古罗马帝国近卫军司令、执政官，原为提比略的亲信，因篡位阴谋败露被处死。

了圣坛一样。塞珀提米乌斯·塞维鲁与普劳提阿努斯①之间的关系有过之而无不及。因为塞维鲁强迫他的长子娶普劳提阿努斯的女儿为妻，并且经常在普劳提阿努斯公然冒犯他的儿子的时候袒护他，同时还给元老院写了一封信，信中说："我太爱这个人了，甚至但愿先于他而死。"如果这些君主就像图拉真②和马可·奥勒留③一样的话，那么人们就会认为，这是出自十分善良的天性的。但由于这些人都非常精明、强大而又严厉，并且极端爱己，因而也就最为清楚地表明，他们发现，自己的幸福（尽管已达到世间的极致）只不过是残缺不全的，只有拥有朋友才可以使之完整。不仅如此，他们都是有妻子、儿子、甥侄的君主，然而这些人却都不能提供友谊所能带来的慰藉。

① 塞普蒂米乌斯·塞维鲁斯（Septimius Severus，约146—211），古罗马皇帝。普劳提阿努斯（Plautianus）是塞维鲁斯的宠臣。普劳提阿努斯把他所宠爱的女儿普劳蒂拉（Plautilla）嫁给塞维鲁斯的儿子卡拉卡拉（Caracalla），卡拉卡拉生性残暴，威胁要杀死普劳蒂拉，普劳提阿努斯遂密谋篡位，败露后被处死。

② 图拉真（Trajanus，53—117），古罗马皇帝，改革财政，加强集权统治，大兴土木，修建城市、港口、桥梁和道路，发动侵略战争，向东方扩张领土，直抵波斯湾。

③ 马可·奥勒留（Marcus Aurelius Antoninus，121—180），古罗马皇帝，新斯多葛派哲学的主要代表，宣扬禁欲主义和宿命论，对外经年用兵，对内迫害基督教徒，著有《沉思录》12卷，死于军中。

科米涅[1]有关他的第一个主人大胆的查理公爵[2]所说的话，不应被忘记。所说的是，他不会把自己的秘密与任何人共享，尤其是不会把最使他苦恼的秘密与人共享。他随之继续说，在大胆的查理到了晚年的时候，“那种守口如瓶确实损害了并多少毁灭了他的理解力”。其实，如果科米涅愿意的话，他也可以把自己的判断用在第二个主人路易十一[3]的身上，路易十一的守口如瓶确实是在折磨着他。毕达哥拉斯那句格言的意义是晦涩的，但又是真实的：“不要把心吃掉。”（Cor ne edito）无可否认，说得厉害一点，那些没有朋友可以倾吐心曲的人，也就是吃自己的心的食人生番。但有一件事是最令人惊奇的（我将以此结束我对友谊的这个第一个果实的讨论），那就是，把一个人的自我向朋友的这种交流，能产生两种相反的效果，它既能使欢乐倍增，又能使悲伤减半。因为凡是把自己的欢乐透露给朋友的人，没有不是更加欢乐的；凡是把自己的悲伤倾吐给朋友的人，没有不是减少了悲伤的。因而实际上，友谊在人的精神上的作用，与炼金术士的石头在人体上的作用有同样大的力量。炼金术士们说，他们的石头能产生出各种各样的对立的效果，

① 科米涅（Philippe de Comines，亦作Philippe de Comineus），法国历史学家，卒于1509年。

② 大胆的查理公爵（Duck Charles the Hardy，亦作Duke Charles the Bold），法国勃艮第公爵，卒于1477年。

③ 路易十一（LouisⅪ，1423—1483），法国国王，奖励工商，加强王权，为统一法国，依靠资产阶级与勃艮第公爵等大贵族进行长期斗争。

不过那些效果却总是有益于天性。[①]然而，即使不借助于炼金术士，在大自然的普通进程中也明显可以见到这一点的形象。因为在所有的物体中，结合都加强和爱护任何自然的行动，而在另一方面，又都减弱和削弱任何剧烈的效果，物体如此，而在人心上则尤其如此。

友谊的第二个果实，就是在理解力上产生出健康而又最大程度的力量，正如第一个果实在感情上产生出那种力量一样。因为友谊确实在感情上，从狂风暴雨中制造出一个丽日晴天，但在理解力上，则是从黑暗混乱的思想之中制造出一个白昼。这一点也不能仅仅理解为，从朋友处得到忠诚的劝告。而是在此以前，无疑的是，凡是头脑中思虑过多的人，若能与另外一个人交流和交谈，那么他的才智和理解力就会变得清晰，消除了混乱；他谈论起他的思想更容易；他把思想安排得更井井有条；当他的思想变成话语时，他看得出它们是什么样子；最后，他变得比他自已聪明；而且一小时的交谈，胜过一天的冥想。地米斯托克利[②]对波斯王说得好："言语就像打开并且张挂起来的花毯，上面的图案形象地显示出来了；而保存起来的思想，则只不过像卷折起来的花毯而已。"友谊这个使

① 炼金术士的石头，即所谓的哲人之石或者点金石（philosopher's stone），指炼金术士寻求的能使其他金属变为黄金的仙石，转义为长生不老药、仙丹妙药。

② 地米斯托克利（Themistoklēs，约前524—约前460），古希腊雅典执政官，实行民主改革，扩建海军，指挥萨拉米斯海战，大败波斯舰队，遭贵族派指控"叛国"，亡命国外。

理解力开阔的第二个果实，也并非局限于那些能够给人以忠告的人（他们确实是最好的朋友），而是即使没有这样的朋友，如果一个人把自己的想法告诉别人，暴露出来，那么也就好像用磨刀石把自己的智慧磨得锐利一般，须知磨刀石是不能自己把自己磨得锐利的。简言之，一个人与其让自己的思想在窒息中消失，不如把他的思想向雕像或者图画倾诉。

为了把友谊的这第二个果实说得完整，现在谈那另外一点，也就是朋友的忠告，这一点更显而易见，平民百姓也注意到这一点。赫拉克利特[①]在他的一句语意隐晦的话中说得精彩，“干燥的光总是最亮”。无疑，一个人通过另外一个人的忠告而获得的光，与通过他本人的理解和判断所获得的光相比，要更加干燥和纯粹，因为通过他本人的理解和判断所获得的光，总是充满和浸透着他的感情和习惯。因而，在朋友给予的忠告和自己给予自己的忠告之间的区别，就像在朋友给予的忠告和拍马屁的人给予的忠告之间的区别一样。因为最大的拍马屁者，就是人的自我，而对拍自己马屁的最大的补救，就是朋友的直言。忠告有两种：一种是关于道德的，另一种是关于工作的。说到第一种，使头脑保持健康的最好的预防药，就是朋友的忠实的劝告。一个人对自己的严格的自责，是一种有时

① 赫拉克利特（Heraclitus，约前540—约前480与前470之间），古希腊唯物主义哲学家、辩证法奠基人之一，认为“火”是万物的本原，一切都在流动变化中，“人不能两次走进同一条河流”。

过于猛烈和过于有腐蚀性的药物。阅读有关道德的好书，则有点单调和沉闷。在别人的身上观察到我们的过失，有时却与我们的情况不符。但最好的药方（我的意思是，最有效和最易服用的药），则是一个朋友的劝告。可以看到，有许多人（尤其是大人物），由于没有朋友向他们提出劝告，而犯下了严重的错误，做出了极端荒唐的事情，结果给他们的名声和成功带来巨大的损失，这是一件奇怪的事情。因为，正如圣雅各所言，他们就是“看见走后，随即忘了他的相貌如何”[①]的人。至于工作，一个人如果愿意的话，可能会认为，两只眼睛所见的，并不多于一只眼睛所见的；或者局中人所见的，总是多于旁观者；或者一个正在发怒的人，与一个数过二十四个字母[②]的人一样明智；或者一支火枪，既可托在胳膊上放，又可架在支座上放；以及其他这样幼稚而又动人的想象，结果以为自己便是一切的一切。但归根结底，使工作井然有序的，还是良好的忠告的帮助。如果有人认为，他将接受忠告，但应是一条条地接受，在一项工作上向一个人求教，在另一项工作上又向另外一个人求教，这也并非不可（也就是说，比他根本不求教要好）。但他会冒着两个危险：一个危险就是，他会得不到忠实的劝告，因为除非该劝告

① 见《新约·雅各书》第1章第24节。

② 以前人们认为，I和J是同一个字母，U和V也是同一个字母，所以字母表有24个字母，而不是今天的26个字母。数24个字母，也就是背诵字母表，以便使自己平静下来。

是出自一个完全诚心的朋友，否则的话就罕见有这样的劝告，只有那种出于进言人的某些目的而变得不老实不正当的劝告。另外一个危险就是，他会得到劝告，但那劝告却又是有害的和不安全的（尽管用意是好的），而且既混杂以损害又混杂以补救。这甚至就像你请医生一样，那位医生被认为是精于治疗你所患有的那种疾病，但又不了解你的体质，因而也就可能暂时把你治愈，但在某个别的方面又毁掉你的健康，结果是治好了疾病却又杀死了病人。但完全了解一个人的状况的朋友却会留心，在促进当前的工作的时候，又不会带来别的麻烦。因而，不要依赖于分散的劝告，因为它们更能转移注意力和做出误导，而不是使心情平静下来和做出指导。

在友谊的这两个高尚的果实（感情上的平和与对判断力的支持）之后，是最后一个果实，那个果实就像石榴一样，里面满是籽。我的意思是，在所有的行动和场合中都要给予帮助，都要参与。这里把友谊的多种多样的用处向生活展现出来的最好的方式，就是停下来考虑一下，有多少事情是一个人自己所不能做的，然后就可看出，古人所谓的“朋友是另外一个自己”，是一句有所保留的话，因为朋友要远远超过自己。人生也有涯，而且往往又是怀着一些难以释怀的事情死去的：子女的婚嫁，工作的完成，等等。如果一个人有一位真正的朋友，那么他就几乎可以放心，这些事情在他死后会有人照料的。这样一来，一个人在了结心愿上也就好像是有了两个生命。一个人有一个身体，而那个身体又是限于一个地方的，但如果有了友谊，那么生命的所有的任务也就好像是给予了他和他的代理人，因为他可以让他的朋友来完成那些任务。出于自重或者行为的规矩，而使一个人不能自己说的话和自己不能做的事，那该有多少？一个人几乎不能谦虚地声称自己有功劳，更不能赞颂自己的功劳了；一个人有时不能容忍自己去恳求和乞求，以及若干类似的事情。所有这些事情，若是从自己的口中说出就未免赧颜，可是出自朋友之口则可以得体。再则，一个人还有许多独特的关系，他是敷衍不过去的。一个人对他的儿子说话，就不能不以父亲的身份；对他的妻子说话，就不能不以丈夫的身份；对他的敌人说话，就不能不拘谨。但一个朋友却可以就事论事，而不必顾虑到人的方面。但这些事情要是列举下去，是没有尽头的，因而我谨提出这个规律：如果一个人不能恰当地扮演他自己的角色，而他又没有一个朋友的话，那么他就可以走下舞台了。

论消费

财富是供消费的，而消费的目的，则是为了获得荣誉和善举。因而，非同寻常的消费，必须取决于其理由的价值。须知为了自己的国家，就像为了进入天国一样，是可以自愿把财富毁掉的。但一般的消费，则应取决于一个人的财产；应管理得当，使消费在他的财力之内，不应受到仆人的欺诈和欺骗；应安排得效果最好，使实付之款可以低于外人的估计。无可否认，如果一个人想只不过是保持不盈不亏的话，那么他日常的花费就应该是他收入的一半；而如果想变得富有的话，那么花费就应该只不过是收入的三分之一。即使是最伟大的人物，屈就一下来检查自己的财产也绝非有失身份。有些人避而不做这件事，这不仅是因为疏忽大意，也是害怕会发现破产，而令自己沮丧。但伤口如果不经探查，是不能治愈的。凡是根本不能检查自己财产的人，就须用人得当，还须经常换他们，因为新雇用的人是胆子小而不是狡诈。凡是能够只是偶尔检查自己的财产的人，也就有必要把一切收入和支出固定下来。

一个人如果在某一项消费上花费多，那么就需要在另一项消费上节约。例如，如果在饮食上花费多，那么在衣着上就应该节约；如果在住房上花费多，那么在马厩上就应该节约；以及诸如此类。因为凡是在所有的消费上都花费多的人，都难以免于衰败。在清偿债务的时候，过于求速，就像持续时间过长一样，也会给自己带来伤害。因为匆匆出售，通常就像赔偿一样不利。除此之外，一举还清了债务的人，又会再次举债，因为一旦发现自己摆脱了债务的困境，他又会故态复萌。但逐渐还清了债务的人，则会养成节俭的习惯，使他在精神上就像在财产上一样受益。无可否认，需要弥补自己的财产的人，也许就不会鄙视小事情，而通常，减少零星的花销，并非比屈尊以获小利更不受人尊重。对于一旦开始就要继续下去的费用，在开始的时候就要谨慎，但在那些只有一次的消费上，则不妨大方一些。

论王国和政府的真正伟大之处

雅典人地米斯托克利所说的话，由于在很大程度上说的是自己，因而显得傲慢而自负，但如果是笼统地用在别的人身上的话，则会是一个严肃而又有智慧的评论和评价。在一次宴会上，有人请他弹琴，他说，他不会弹琴，但他却能使一个小城镇变成一座大城市。这些话稍微借助于比喻，就可以把那些处理国家事务的人的两种不同的能力表达出来。因为如果对参事们和政治家们真正调查一番，就可发现，有一些人（尽管是罕见的）能够使小国变成大国，然而却不会弹琴；而另一方面，也会发现有许多人，他们能够非常灵巧地弹琴，但远非能够使小国变成大国，因为他们的才能是在相反的方面，也就是把一个伟大而又兴盛的国家带向毁灭和衰败。而无可否认，许多参事和总督，用那些堕落的手段和计谋，既邀宠于他们的主人，又赢得平民百姓的尊重，因而那些手段和计谋，也就只配被称为弹琴，因为那些手段和计谋是一时讨人喜欢，而且只是给他们自己带来荣耀，而不是满足他们所服务的国家的幸福和进步的需要。（毫无疑问，）还有一些参事和总督，他们可以被认为是有才干的［即所谓“干才”（negoliis pares）］，他们能够处理事务，并能使之免于险境和明显的困境；可是若要提高和扩大一个国家的力量、财富和成功，他们却又断无能力。但不管他们可能是什么工匠，我们且谈工作本身，也就是说，谈谈王国和政府的真正伟大之处，以及使王国和政府伟大的手段。这是一个值得伟大而又超群的君主经常考虑的问题，为的是使他们既不会由于过高估计他们的力量，而在愚蠢的事业中迷失自我；而另一方面，又使他们不会由于低估自己的力量，而堕落到听从恐惧而又怯懦的意见。

一个国家的疆土的大小是可以测量的，其财税收入的多少是可以计算的。它的人口可由户口册而得见，而且它的城镇的多少和大小，则可以由图表和地图而得知。然而在民政事务当中最容易犯错误之处，则涉及对一个国家的力量和兵力的正确的估价和真正的判断。基督并不是把天国比作一个大的果仁或者干果，而是把它比作一粒芥菜种子；芥菜种子是一种最小的种子，却有着一种能够迅速成长和扩展的性质和精神。[①]同样，有一些国家疆域辽阔，然而却并不可能扩大疆土或者领袖他国；有一些国家幅员之小有如树干小的树木，然而却有可能成为伟大的君主国的基础。

①《新约·马太福音》第13章第31~32节：“天国好像一粒芥菜种，有人拿去种在田里。这原是百种里最小的，等到长起来，却比各样的菜都大，且成了树，天上的飞鸟来宿在它的枝上。”

有城墙的城镇、储存丰富的军火库和军械库、良种马、战车、大象、大炮等，除非其人民就人种和体质而言胆大好战，否则所有这一切就只不过是一只披着狮子皮的绵羊。不仅如此，如果人民没有勇气的话，那么军队人数的多少（本身）也就不太重要，因为（正如维吉尔[①]所言）“一只狼从来也不介意有多少只羊”。在阿贝拉[②]平原上，波斯军队就像一个浩瀚的海洋一样，确实多少令亚历山大的军队里的将领们惊慌，将领们因而去见他，建议他夜间偷袭，但他回答说，他不愿小偷小摸地获得胜利。结果是轻而易举地打败了敌人。亚美尼亚国王提格拉尼斯率四十万人的军队在一座山上扎营，他发现，罗马军队不超过一万四千人，正在朝他进发，他哑然失笑，于是说道：“那些人若是充当使节则太多，若是用来打仗又太少了。”但在太阳落山以前他发现，那些人已足以追击他并大戮他的军队了。[③]在人数和勇气之间的巨大的不均等的例子是很多的。因而人们确实可以断言，任何一个国家要伟大，其主要的一点，就是要有一个善战的民族。（有一句浅薄的话，说是）金钱是战争的肌肉，但如果在卑怯而又无男子汉气概

① 维吉尔（Publius Vergilius Maro，前70—前19），古罗马诗人。

② 阿贝拉（Arbela）是波斯的一个城镇，即今天的伊拉克的埃尔比勒（Irbil）。前331年10月2日，亚历山大大帝和波斯帝国末代国王大流士三世在此进行了一场著名的战役。

③ 这里所讲的，是提格拉尼斯被罗马大将卢卡拉斯（Lucullus，前110？—前58）大败一事。

的人民当中，人们胳膊上的肌肉正在衰退的话，那么金钱也就不是战争的肌肉。（当克罗伊斯向梭伦炫耀他的黄金时，）梭伦[①]对克罗伊斯[②]说出了精彩的话："阁下，如果有任何一个别人前来，而他的铁又好于你的铁，那么他就会成为所有这些黄金的主人。"因而任何一个君主或者国家，都应该对他的军事力量有一个清醒的看法，除非他自己的国民所组成的军队是由优秀勇敢的士兵构成的。而另一方面，那些拥有生性好战的臣民的君主，也应该知道他们自己的力量，除非他们的臣民在别的方面是有缺陷的。至于雇佣军（既然如此，雇佣军也就是帮手），所有的例子都表明，凡是依赖于雇佣军的国家或者君主，他可以一时把他的羽毛伸展开来，但他不久就要换羽。

犹大和以萨迦的福祉是永远也不会汇合在一起的；同一个民族或者国家不会既是幼狮，又是负重的驴[③]；一个赋税负担过重的民族，也永远不会变得英勇好战。确实，经过国民的同意而征收的赋

① 梭伦（Solon，约前638—约前559），古希腊雅典政治家、诗人，当选执政官，进行经济和政治改革，解救贫困，修改宪法，制定新法典，善写哀歌体诗，其诗作仅有片段存世。

② 克罗伊斯（Croesus，约前595—约前546），吕底亚（Lydia，小亚细亚西部一古代王国，以其富庶和奢华闻名）末代国王，敛财成巨富，即位后完成父王征服爱奥尼亚大陆的事业，后试图阻止波斯势力的扩张，失败被捕，在波斯宫廷供职。

③ 犹大和以萨迦都是《旧约·创世记》中的人物。犹大（Judah）是犹太人先祖雅各的第四子，以萨迦（lssachar）是雅各的第九子。雅各临终前说"犹大是个小狮子""以萨迦是个强壮的驴"。见《创世记》第49章。

税，也就不那么减少人们的勇气。这一点在低地国家[①]的国内货物税中就可明显看到，而且，在某种程度上，也见于英格兰的特别津贴[②]。须知你必须看到，我们这里所谈到的，是人心而不是钱包。这样一来，尽管同样的贡赋和税，或者是得到同意的或者是强加于人的，它们对钱包来说是同一回事，然而对勇气却又产生出不同的效果。因而你可以断定，凡是不堪贡赋重压的人民，是建立不起帝国的。

凡是志欲强大的国家应该留心，不可使它们的贵族和缙绅人数增加得过快。因为这使得普通的臣民成了雇农和卑贱的乡下佬，意志沮丧，实际上只不过是缙绅的劳动力而已。这甚至就像你在矮树林中可以看到的情况那样：如果你让你留下的小树长得过密，那么你就永远也不会有匀称的林下灌木丛，而只有灌木。[③]同样，在国家里，如果缙绅[④]人数过多，那么平民百姓就会变得卑贱，那就会产生这种情况：在一百个人里面，没有一个是佩戴头盔的，在步兵里尤其是如此，而步兵又是军队的神经，结果就会是，人口众多而力量弱小。我所谈到的这一点，看得最清楚的，就是把英国和法国比较一下。英国尽管领土比法国小得多，人口比法国少得多，然而却一直是力量强者。这是因为，英国的一般民众能成为优秀的士兵，而

---

① 低地国家（Low Countries），指西欧的荷兰、比利时、卢森堡三国。

② 特别津贴，指旧时英国议会发给王室的特别津贴。又，英国议会在13世纪已具雏形了。

③ 矮树林（coppice woods），是由小树组成的丛林，经常被短期轮伐。

④ 缙绅（gentleman），在地位上高于自由民（yeoman），自由民又称自耕民，也就是拥有一定价值的土地的人。

法国的雇农则不能成为优秀的士兵。在这一方面，国王亨利七世的策略是深刻而又令人钦佩的（我在拙著《亨利七世史》中有详尽论述）。在农业上，他使耕地和住宅都符合一定的标准，也就是说，对耕地维持着这样一个比例，可以使一个臣民的生活达到富裕得方便的程度，而不是处于被奴役的状况，同时又使种田的人是土地的拥有者，而不仅仅是雇佣工。而这样一来，也就确实可以获得维吉尔所描述的古代意大利的那种特色了：

——一个因武力和肥沃的土地而强大的国家。

（Terra potens armis atque ubere glebae.）

那样一种状况也不可忽略过去（据我所知，那样一种状况几乎是英国所独有的，而别的地方，也许除了波兰以外难得见到）。我指的是，为贵族和缙绅服务的仆人和侍从都是自由的人，他们在作战上丝毫也不劣于自由民。因而，毫无问题，贵族和缙绅的华贵富丽、大量的随从和热情好客，一旦成为习俗，也就在很大程度上导致了巨大的尚武精神。而反之亦然，贵族和缙绅如果生活封闭和拘谨的话，那么就会造成军事力量的不足。

应尽一切办法，使尼布甲尼撒的君主国之树长得巨大，足以承受得住那些分枝和大树枝①，也就是说，国王或者国家的本族

① 尼布甲尼撒二世（Nebuchadnezzar Ⅱ，约前634—约前562），新巴比伦王国国王。尼布甲尼撒之树典出《旧约·但以理书》第4章，尼布甲尼撒梦见大树将倒，希伯来先知但以理为之释梦，说树即尼布甲尼撒，树倒即意味着尼布甲尼撒将失去王国。

的臣民，与他们所统治的异族臣民相比，应该占有一个足够的比例。因而所有可以让异族人自由归化的国家，都是可以成为帝国的。因为若是认为，一个区区之数的民族，以世界上最大的勇气和计谋，能够拥有范围过于辽阔的领土的话，那么这句话可以一时有效，但又会突然失效。在接受异族人入籍上，斯巴达人是一个有顾虑的民族。由于这个原因，当他们在自己的疆界之内的时候，他们是稳固的。但是当他们扩展开来，他们的大树枝大得令他们的树干承受不住的时候，他们也就突然成了森林中树木被大风刮倒的地区。在接受异族人入籍上，从来没有一个国家像罗马人那样开放，因而他们的结局也相应是最好的，因为他们成长为最伟大的君主国。他们的做法是给予国籍权［他们称之为公民权（jus civitalis）］，并且是在最高的程度上给予国籍权，也就是说，不仅仅是给予贸易权（jus commercii）、婚姻权（jus connubii）、继承权（jus haereditatis），而且还给予选举权（jus suffragii）和担任公职权（jus honorum）。这并不是只给予单独的个人，而是也同样给予整个家庭、城市，有时给予国家。除此之外，他们还有朝征服地区的驻防人员居留地移民的习惯，这样一来，这棵罗马的植物也就移栽到别的国家的土壤上去了。而把这两种习俗放在一起，你就会说，不是罗马人扩散到世界上了，而是世界扩散到罗马人身上了，而这正是伟大之道。我有时对西班牙感到惊奇，地道的西班牙人人数甚少，然而他们却得以占据和控制着如此辽阔的领土。不过毫无疑问，西班牙的整个疆界是一棵躯干非常大的树，一开始的时候远远大于罗马和斯巴达。除此之外，尽管他们并没有让人自由入籍的做法，他们却有仅次于它的做法，那就是，他们几乎是不加区分地使用了所有国家的人，做他们的军队中的普通士兵，甚至有时还使用他们担任最高级的指挥官。不仅如此，从现在所颁发的国事诏书[①]来看，似乎此刻他们已意识到在本国人口方面的这种缺乏。

确实，需要久坐的和在户内进行的行业，以及精密的制造（它更需要的是手指，而不是臂力），就其性质而言与军人的性格有一种对立性。一般说来，所有好战的人都有一点懒散，更喜欢冒险而不是劳动。如果让他们保留那种魄力的话，那就不可过于要求他们改变性格。因而，在古代的斯巴达、雅典、罗马[②]以及别的国家，他们使用奴隶，这使得他们通常不用做那些劳动了，这是一个巨大的有利条件。但蓄奴制在最高程度上被基督教的法律废除了。最接近于蓄奴的做法，就是让那些行业主要是由异族人来做（由于这个原因异族人也更容易在所在国里容身），并把本国平民的主要的大多数限于三种行业之内——土地的耕作者、自由的仆人以及从事有力而又有男子气的行业的手工艺人，如铁匠、石匠、木匠，等等。职业军人还不算在内。

① 指西班牙国王菲利浦四世（Philip Ⅳ，1605—1665）登基后不久颁发的鼓励生育的诏书。

② 斯巴达等称之为city-state，即城邦或者城市国家。

尤其是，为了成为帝国，为了获得伟大，最重要的是，一个国家须声称：战争是他们主要的荣誉、学问和职业。须知我们上面所谈到的那些事情，只不过是战争的先决条件而已。而没有动机和行动，那又有什么先决条件可言？罗穆卢斯[①]死后（他们是这么传说的，或者是杜撰的），给了罗马人一道训谕，尤其是要求他们准备进行战争，这样他们就可证明，他们是世界上最伟大的帝国。斯巴达的国家结构是完全为了那个目的和目标而构筑组成的（尽管构筑得并不巧妙）。波斯人和马其顿人曾在短暂的时刻有过这种举国皆兵的情形。高卢人、日耳曼人、哥特人、撒克逊人、诺曼人，以及别的民族，都曾有过这种情形。土耳其人今天还是这样的情形，尽管是大大地衰退了。在信仰基督的欧洲，现在实际上只有西班牙人有这样的情形。不过“人人都最受益于他所最专注的事情”，这是一个非常明显的道理，是用不着强调的。指出这一点也就够了，那就是，任何一个国家，如果不直接声称要动用武力的话，也就不能指望从自己的嘴里说出“伟大”二字。而另一方面，那些长期不断声称要动武的国家（这是罗马人和土耳其人的主要所为），也就创造了奇迹，这是时间带来的一个最为可靠的启示。而那些只是在一个时期声称要动武的国家，在很久以后的那个时期里，当他们已不再声称要动武，而且武力已经衰败的时候，却也通常仍然拥有那种伟大。

① 罗穆卢斯（Romulus），罗马神话中战神马耳斯（Mars）之子，罗马城的创建者，“王政时代”的第一个国王。

与这一点相关的就是，一个国家应该有哪些法律或者习俗，那些法律或者习俗会使他们进行战争的时候有正当的理由（那可以是所谓的理由）。因为在人们的天性中有那种根深蒂固的正义，这使得他们如果没有理由或者争执，起码是貌似有理的理由或者争执，是不会发动战争的（而如此多的灾难又由战争而产生）。土耳其的君主把传播他的法律或者教派，作为随时可用的作战的原因，这是一种可以始终为他所掌握的理由。罗马人尽管在他们的帝国开疆拓土完成之时，把它看作他们的将军们的巨大荣誉，却从未把开疆拓土看作发动战争的唯一理由。因而，凡是自以为伟大的国家，首先应该对所受到的伤害敏感，那或者是边境居民和商人所受到的伤害，或者是国家的大臣所受到的伤害，而且在受到挑衅的时候，不应反应过于迟缓。其次，他们应该随时准备着给他们的盟国以帮助和解救。罗马人就总是这样做的。他们竟做到这样的程度，在与好几个别的国家结有防御联盟的盟国受到侵略而向各国分别求助的时候，罗马人总是首先前去驰援，而决不让别的国家拥有这个荣誉。至于古人为了支持一党一派或实质相同的政体而进行的战争，我看不出有多么站得住脚的理由：罗马人曾经为了希腊的自由，而发动了一场战争；斯巴达人和雅典人曾经为了建立或者推翻民主政治和寡头政治而发动战争。还有的战争是由外国人发动的，那是以正义或者保护的名义，为的是使别的国家的臣民摆脱暴政和压迫，以及诸如此类。只要说这一句就够了，对于任何一个国家来说，如果对任何正义的动武理由都麻木不仁的话，也就不能指望它伟大。

凡是不锻炼的也就不能健康，不论是人体还是政体均是如此，而无可否认，对于一个王国或者政府来说，一场正义而又荣誉的战争就是真正的锻炼。确实，一场内战就好像是患病发热，但一场对外战争，则好像运动发热，有助于保持身体健康，因为在一种怠惰的和平中，民气将变得柔弱，民风将变得腐败。不管用什么方法获得幸福，毫无疑问的是，欲获得伟大，在极大程度上却仍是有赖于武力。而一支经验丰富的军队（尽管是花费昂贵的）的兵力，如果总是在行动的话，也就通常在所有的邻国当中拥有了权威，起码是拥有了威望。这一点在西班牙身上就可以看得很清楚，西班牙几乎是持续地在这个或者那个区域拥有一支经验丰富的军队，到现在已经有一百二十年之久了。

成为海上的霸主，便是获得最高权力的一个象征。西塞罗曾给阿提卡写了一封信，信中谈到了庞培为了与恺撒交战而做的准备。西塞罗说："庞培遵循着一种真正的地米斯托克利式的方针，他认为：谁控制了海洋，谁也就控制了一切。"（Consilium Pompeii plane，Themistocleum est；putat enim，qui mari politur，eum rerum potiri.）而且，毫无疑问，如果庞培不是出于虚荣的狂妄而在平原上作战[①]的话，他一定会使恺撒疲于奔命

① 庞培是在位于希腊的法萨卢斯（Pharsalus）平原上被恺撒打败的，逃到埃及后被杀。

的。我们看到海战所带来的重大影响。埃克兴之战[①]决定了那个世界帝国的诞生。勒盘托之战[②]终止了土耳其人的伟大。海战决定了战争的胜负的例子有很多，不过这是在君主或者国家为了支持那些战斗而拿一切来冒险的时候。但这一点是无疑的，控制了海洋的人，也就拥有了巨大的自由，他想从战争中获取多少，就能获取多少。而在另一方面，那些陆军最为强大的国家，却往往陷于窘境。无疑，在今天，对于我们欧洲各国来说，海上力量的优势是巨大的（海上力量的优势是这个大不列颠王国的一个主要的天赋）。这既是因为，欧洲的大多数王国并非仅仅是内陆国家，而是他们的大多数疆界为大海所围绕；同时也是因为，不论是东印度群岛还是西印度群岛的财富，在很大的程度上，似乎都只不过是对海洋的控制的一种附属品而已。

与古时候战争所反映在人们身上的光辉和荣誉相比，后来的各个时代的战争似乎是在黑暗中进行的。为了鼓舞士气，现在设有骑士的一些等级和勋位，但它们是滥施于人的，既授予军人又授予非军人；也许在授予盾形纹章之后再送给某种纪念品，并为伤残军人

① 埃克兴（Actium）是希腊西北部的伊皮鲁斯（Epirus）地区的一个海角。前31年，屋大维的舰队在这里取得了对安东尼和埃及艳后克娄巴特拉的决定性胜利。屋大维遂于公元前27年成为罗马帝国的第一代皇帝，称为奥古斯都。

② 勒盘托（Lepanto）是希腊西部的一个海峡。1571年，西班牙、威尼斯和罗马教廷的联合舰队，在奥地利的约翰大公的统帅下，在这里取得了对土耳其舰队的决定性胜利，奥斯曼帝国的海军力量遭到毁灭性的打击。

设立了一些医院，以及类似的事情。但是在古时候，则是把胜利纪念柱[①]就竖立在获得胜利的地方；为阵亡将士举行葬礼，致悼词，建起纪念碑；把花冠和花环授予个人；授予总司令的称号，后来世界上的伟大的国王借用了这个称号[②]；将军们班师时举行凯旋式；军队遣散时给予大量的赠品和慷慨的赏金，这些东西都能激发起所有人的勇气。尤其是，在罗马人当中的凯旋式，它并不是虚饰或者炫耀，而是有史以来所曾经有过的最聪明、最高贵的制度之一。因为它包含了三件事情：对将军来说是获得了荣誉，对国库来说是从战利品中获得了财富，对军队来说是获得了赠品。但也许只有在凯旋者是君主本人或者君主的儿子的情况下，那种荣誉才适合于君主国。在罗马皇帝时代就是这种情况，罗马皇帝实际上把凯旋式据为己有或者是由他们的儿子所有了，因为这些战争是他们亲自赢得胜利的，而对于由臣民赢得胜利的战争，则只是给将军以庆功的服装和徽章。

总之，在人体的这个小小的身躯上，谁也不能（如《圣经》所

① 胜利纪念柱（trophy）是古希腊和古罗马时，用缴获的武器、旗帜等挂在树干或者柱子上，作为胜利的纪念。

② 这里的总司令，原文是emperor。emperor的拉丁文原义是总司令（commander in chief），后转义为帝国的君主，也就是皇帝。

说）“借着忧虑而为他的身高增加一肘尺”①。但是在君主国和共和国的大结构里，却正是君主或者政府的力量，使他们的国家更加辽阔和伟大。因为通过引进我们现在所谈及的那些治理之术、政令和习俗，他们就可以为他们的后代和继承人播下伟大的种子。但这些事情通常是不被人注意的，而只是由它们自己来碰运气而已。

①《新约·马太福音》第6章第27节和《新约·路加福音》第12章第25节均说：“你们哪一个能用思虑，使寿数多加一刻呢？”这里的“如《圣经》所说”，是指借用《圣经》的说法。肘尺（cubit）是一种古代长度单位，自肘至中指端，等于18~22英寸。

论养生

在养生之道当中，有一种智慧非医学的规则所能涵盖：一个人自己的观察，他发现什么有益，什么有害，乃是保持健康的最好药剂。但与说“我发现这对我无害，因而我可以用它”相比，说“这与我的身体不合，因而我不会继续用它”则是一个更为保险的结论。因为少壮之时，禀赋的强壮会令人忽略许多到了晚年一定要为之付出代价的无节制的行为。应该觉察出年龄的增长，不要以为还是能做同样的事情，因为年龄是不饶人的。应该留心，不可在饮食的任何重要方面有突然的改变，而如果有必要不得不改变的话，那么其他的方面也要相应改变，因为不论是在自然界还是在治理国家中，都有一个秘密，那就是变一事不如变多事安全。应检查你在饮食、睡眠、锻炼、衣着等方面的习惯，如果断定有某个习惯是有害的，那就应努力逐渐戒绝。但应这样处理，如果发现这个改变带来不适的话，那就应返回到原来的习惯上去，因为要把一般认为是好的和有益于健康的东西，与特别好的并且适应于你自己身体的东西区分开来，是困难的。

在吃饭、睡觉和锻炼的时候，心中坦然，精神愉快，是长寿的最好的准则之一。至于头脑中的情感和思考，则应避免嫉妒、焦虑、压在心中的怒气、微妙而又棘手的探究、过分的欢乐和兴奋、秘不示人的悲伤。应该心存希望和欢乐，而不是过度的欢乐；心存各种各样的乐事，而不是过度的乐事。应该怀有惊奇和羡慕；这会使你有新鲜的情趣；应该读书学习，这会使你的头脑充满光辉灿烂的东西，如历史、寓言以及对大自然的思考。如果你在健康的时候完全摒弃药品，则到了需要它的时候，你的身体会不太习惯；如果你太习惯于服药，则当疾病到来之时，药品也就不会产生非同寻常的效果。窃以为与其经常服药，不如按季节改变某些饮食，除非服药已经成了一种习惯，因为那些饮食更是改变身体而不是扰乱身体。对身体上的任何新的意外情况都不可小视，而是应向医生请教。在生病的时候，主要是注意健康；而在健康的时候，主要是注意活动，因为那些在健康的时候锻炼身体的人，在患病的时候，只要不很严重，大多只需特种饮食和细心护理便可痊愈。塞尔苏斯[①]说，健康长寿的一个最重要的准则，就是人应该对相反的事物进行改变和互换，但在改变和互换的时候应倾向于那个更为温和的极端：既要禁食又要饱食，但应偏重饱食；既要守夜又要睡眠，但应

① 塞尔苏斯（Celsus），1世纪罗马百科全书编纂者，其中仅有《医学》篇存世。被公认为优秀的医学经典文献。

偏重睡眠；既要安坐又要锻炼，但应偏重锻炼；以及诸如此类。倘若塞尔苏斯并非既是医生又是哲人的话，专以医生的身份他是绝对说不出这些话的。这样做，则生命技能定能得到照料，疾病也定能得到控制。

有些医生对病人的怪念头过于迁就纵容，以至于不能真正治愈疾病；有些医生过于拘泥于医治疾病之术，结果也就不能充分地尊重病人的状况。应该找一个位于这两种类型之间的医生，而如果找不到这样的医生的话，那就两种类型的医生各找一个而调和之；而且在请医生的时候，固然要请最有名的医生，也不要忘记请最熟悉你的身体状况的医生。

论怀疑

怀疑在种种念头当中，就像在鸟当中的蝙蝠：它们总是在黄昏时飞翔。无可否认，怀疑是应该受到抑制的，起码也应该得到很好的控制，因为怀疑使心中蒙上一层乌云，失去朋友，干扰工作，从而使工作不能不间断而又始终如一地进行。怀疑使君主易施暴政，使丈夫易生妒忌，使聪明的人易寡断而抑郁。怀疑是缺陷，不过不是在心中的缺陷[1]，而是在脑子里的缺陷，因为天性最坚毅的人也有疑念，英格兰的亨利七世就是一例。没有一个人比他更多疑，也没有一个人比他更坚毅。在这样的禀性中，怀疑带来的伤害是小的，因为通常这样的人的头脑，在没有检查那些怀疑的可能性的时候，是不会贸然接受的，但在天性胆怯的人身上，怀疑却增长得过于迅速。最能够使人多疑的，莫过于所知甚少，因而人们若是想消除怀疑，就应该设法多了解情况，而不是压制怀疑。

---

① 在拉丁文中，心（cor）引申为各种情感的所在地，这里专指勇气的所在地。

人们会有何所求？难道他们认为，他们所雇用的和与之打交道的人是圣人吗？难道他们不认为，那些人会有自己的打算，并且对自己比对他们更忠实？因而缓和怀疑的最好的方法，就是认为那些怀疑好像是真的，而准备接受之，但又认为它们好像是假的，而拒不相信之。因为就此程度说来，人应该使用怀疑，从而有所预防，如果所疑是真，也不会对他造成伤害。头脑本身所得出的怀疑，只不过是蜜蜂的嗡嗡声而已，但人为培植的并通过别人的流言蜚语和私下谈论而置于人们脑子里的怀疑，则有了蜜蜂的蜇刺。无可否认，在这同一个怀疑的树林里，开通道路的最佳方法就是，开诚布公地把他的怀疑与他所怀疑的一方交流，因为这样一来，他就一定会比以前更了解那些怀疑的真相。除此之外，还一定会使对方更加慎重，不会进一步造成怀疑。但对禀性卑劣的人则不可如此，因为禀性卑劣的人一旦发现自己受到怀疑，则永远也不会真诚。意大利人说："怀疑允许忠诚离开。"（Sospetto licentia fede.）[①]好像怀疑给忠诚发放了护照一般，但恰恰相反，受到怀疑之后应是更加忠诚，从而使自己不再受到怀疑。

---

① 意即怀疑使忠诚不再承担责任，也就是说，既然受到怀疑，也就可以不忠诚了。

论谈吐

有些人在他们的谈话中所欲得到的赞扬，宁可是有才智，即能进行一切话题的谈论，而不是有判断力，即能辨别真伪，好像知道可能说什么而不是应该想到什么，是一件可称赞的事情似的。有一些人有某些他们平素所擅长的话题，可又缺少变化，这种贫乏多半是令人生厌的，而一旦被人觉察，则又是可笑的。交谈中最应受到尊敬的，是提出交谈的话题，然后又控制交谈，使之转到某个别的话题，因为这样一来，一个人也就成为领舞者了。[1]在交谈之中，最好是有所变化，并把当前的谈话和论证结合起来，把叙事和推理结合起来，把提出问题和讲出见解结合起来，把开玩笑和认真结合起来，因为使人感到疲劳，或如我们现在所说，过度驱使他人，是一件令人生厌的事情。说到开玩笑，有些事情应该是开不得玩笑的，那就是，宗教、国家大事、大人物、任何人当前的重要工作，以及

① 当然这里用的是修辞上的隐喻，以领舞者喻指控制交谈者。

任何值得同情的情况。然而有一些人，他们以为若是不吐出多少辛辣的话语，或者不做出机敏的回答，他们的才智就一定会是睡着了。这是一种需要约束的癖性：

“少用鞭子，孩子，更使劲地拉住缰绳吧。”

（Parce，puer，stimulis，et fortius utere loris.）

一般来说，人们应该发现在俏皮和尖刻之间的区别。无可否认，凡是性好讽刺的人，他既然能够使别人害怕他的妙语，也就需要害怕别人的记忆。提问题多的人，就一定会学到许多东西，并且会令人非常高兴。但如果他所问的正是他所问的人所精通的知识，那就尤其令人高兴，因为他一定会使那些人有机会讲话从而自己获得满足，而他本人则一定能不停地获得知识。不过他的问题不应该令人头痛，令人头痛就成了盘问。而且他应务必使别的人有机会说话。不仅如此，如果有人要霸占所有的时间，那就应该想办法把话题转移，谈别的事情，就像乐师们的做法那样，乐师们看见人家跳加利亚舞①时间过长，就奏别的舞曲。如果你有时对据别人认为你懂得的学问佯作不懂，那么下一次你所不懂的学问，别人也一定会认为你是懂得的。自我表白的话应该少说，而且应该择言谨慎。我认识一个人，他惯于轻蔑地说：“他老是说自己如何如何，那他一定是个聪明人了。”只有在一种情况下，一个人才可以夸奖自己而又

① 加利亚舞（galliard）是一种在欧洲流行于16—17世纪的活泼轻快的双人舞。

不失体面，那就是在夸奖别人的美德的时候，尤其是，那是一种他认为自己也拥有的美德的话。伤及他人的话应该少说，因为交谈应该像走在一片田野上，而不是回到哪个人的家。我认识两个贵族，他们是英格兰西部人，其中一人有讥笑人的癖好，但又总是在家里美酒佳肴盛情宴客。另一个人就经常问那些在他家赴宴的人："老实告诉我，筵席上是不是从来没有嘲弄或者挖苦的话？"对此客人总是回答："是说过这样那样的话。"于是这位爵爷就说："我早就料到他会把一桌好筵席给糟蹋了。"慎言比雄辩更为重要，以合适的方式与所打交道的人讲话，比言辞优美或者有条有理还要重要。一个人若是能不间断地做一篇精彩演说，但却不善于应对，则表明他反应迟钝；而如果善于应对或者附言，但做不了能够持续下去的精彩演说，则表明他的思维浅薄无力。正如我们在动物中所看到的那样，最不善于奔跑的却最敏于转弯，猎犬与野兔之间的区别即如此。在说到正题以前讲过多的枝节话是令人厌倦的，枝节话一点也不说，则令人感到生硬。

论财富

对于财富，我充其量只能把它叫作美德的累赘。罗马话里的字眼要好一些——impedimenta（字面上的意思是妨碍之物，障碍物，由此而意为军队的辎重）。财富之于美德，犹如辎重之于军队。辎重不可无，也不可留在后面，但它却妨碍行军。不仅如此，有时还因顾虑辎重，而丢掉胜利或者妨碍胜利。巨大的财富若不分发出去，也就没有真正的用处，其余的全不过是幻想而已。所以所罗门说："在有巨大的财富的地方，也就有许多人消耗它，财富的拥有者除了能亲眼看见这财富之外，还能得到什么呢？"一个人获得个人的享受的能力是有限的，这使他不能体验到巨大的财富所可能带来的一切。财富可以储藏起来，可以用来救济或者捐赠他人，可以赢得声誉，但对拥有者本人并无实在的用处。难道你没有看见，小小的石头和稀罕的东西，竟被定出了何等昂贵的价格，又有何等显眼的工作被人们所从事着，为的是可以表明我们当中有些人是非常富有的吗？不过你可能会说，财富在打通关节、使人摆脱危险或者麻烦上是会有用处的。正如所罗门所说："财富在有钱人的想象中，就像一座堡垒一样。"不过这句话的精彩之处在于，那个堡垒是存在于想象之中，而并非总是存在于事实之中。因为无可否认，巨大的财富所出卖的人，要多于所买通的人。不要追求显赫的财富，而应追求你可以合法地获得的财富，清醒地使用财富，愉快地施与财富，心怀满足地离开财富。不过对财富不可怀有不切实际的蔑视，也不可怀有像托钵修士那样的蔑视。而应善为区别，西塞罗有关拉比利乌斯·珀斯图默斯[①]所说的话就很有道理："在他对财富的追求当中，显而易见，他所追求的，并不是贪婪的掠夺品，而是一种行善的工具。"（In studio rei amplificandae apparebat，non avaritiae praedam，sed instrumentum bonitati quaeri.）还应该听从所罗门的话，不可急于聚敛财富。"想要急速发财的，不免受罚。"（Qui festinat ad divitias，non erit insons.）[②]

诗人们虚构的故事是，当普鲁托斯（也就是财神）为主神朱

① 拉比利乌斯·珀斯图默斯（Rabirius Posthumus），一位古罗马骑士（骑士是奴隶主集团中的一个阶层的成员，此阶层原为古罗马的骑兵队，故而得名），他把巨额的钱借给埃及国王托勒密·奥里提斯（Ptolemy Auletes），奥里提斯不仅拒不还钱，还把他关押起来，危及他的生命。拉比利乌斯好不容易逃回罗马，又遭到元老院的指控，说他把钱借给一位非洲君主是出于非法的目的。西塞罗（Cicero，前106—前43，古罗马政治家、演说家和哲学家）为拉比利乌斯做了有力的辩护，使他终于被宣告无罪。

② 见《旧约·箴言》第28章第20节。

庇特所派遣的时候，他步履蹒跚，走得缓慢，但是当他为冥王普路托所派遣的时候，他却是在飞奔，步伐迅速。这意思是说，通过正当的手段和正直的劳动所获得的财富，是步伐缓慢的，但是当财富是由于别人的死亡而来的时候（例如通过继承、由遗嘱遗赠，等等），财富也就是骤然落在人的身上。但这同样可以用在普路托的身上，把他看作魔鬼：当财富是来自魔鬼的时候（比如说是通过欺诈、压迫以及其他不正当的手段），财富是来得迅速的。致富的道路有许多，而它们大多是不正当的。吝啬是最好的致富道路之一，然而却并非清白，因为吝啬拒不使人做出乐善好施的举动。改良土地是获得财富的最为自然的方式，因为那是我们伟大的母亲的赐福，也就是大地的赐福，但这样获得财富是缓慢的。然而如果巨富之人能屈尊从事农业，那就会极大地增加财富。我认识一位英格兰绅士，他拥有我的时代任何人所能拥有的最大的收入登记表：他是一位大牧场主、大育羊人、大森林主、大煤矿主、大农场主、大铅矿主、大铁矿主，同时还在几个方面对资源进行了妥善地使用。这样一来，就永无休止的收入而言，大地之于他就像大海一般。

有一个人说，他本人获得小富时很困难，获得大富时却很容易，这是实话。因为如果一个人的资本已经达到那样的程度，就可以使他等待市场达到最佳状态之时，并且能够利用那些由于过于昂贵因而只有少数人才能从事的交易，同时又成为年轻人的工业的合伙人，这样的话，他就不能不成倍地增加他的财富。

由普通的贸易和职业所获得的财富是诚实的，同时又主要由于两件事情而增加，一是勤奋，一是正当公平进行交易的好名声。但通过讨价还价而获得的财富，则在性质上更为可疑，因为在那些时候，人们一定会乘人之虚，用仆人和计谋来做生意以引诱别人，狡诈地把那些本来会是更好的买主搁置在一旁，以及类似的做法，这些都是狡猾而恶劣的。至于讨价还价的交易，当一个人的购买不是为了拥有而是为了再次卖出之时，那就通常是双重的榨取，既榨取卖主又榨取买主。合股的生意，如果用人得当值得信任，那是很能致富的。高利贷是最有把握的致富手段，尽管也是最坏的一种手段，因为放高利贷的人是凭借别人的汗流满面（in sudore vultus alieni）而糊口的[①]，而且除此之外，他们还在星期日耕田[②]。但是靠高利贷致富尽管有把握，却也有缺陷，因为公证人和中间人会为了自己的目的，而对那些资金并不雄厚的人做不如实的说明。如果有幸在一项发明或者特惠上拥有优先权的话，有时确实会造成在财富上的令人惊叹的过度增长，加那利群岛[③]的第

① 试比较《旧约·创世记》第3章第19节：“你必汗流满面才得糊口。”

② 这当然是种比喻。大多数基督教徒认为，星期日是摆脱世俗职务的安息日，是用来做礼拜的日子。放高利贷的人无所谓有星期日，因而也就不敬神。

③ 加那利群岛（the Canaries），位于北大西洋的东部，1497年起沦为西班牙殖民地，后被改为西班牙的两个省。

一个糖业家就是这种情况。因而如果一个人能像真正的逻辑学家那样行事，也就是说，既有发明之才，又有判断之力，那么他就可能做成大事，尤其是在合适的时期。凡是仰赖于固定收入的人，是难得变成巨富的，而凡是完全凭借买卖投机的人，则往往是会破产，陷于贫困。因而最好是用固定的收入来为投机买卖提供防范，以便为损失做出支持。对用于转售的商品的垄断和买断，如果没有受到限制的话，则是一种致富的重大手段，尤其是如果当事人得到消息，知道什么商品有需求的可能，并自己预先储存起来的话。通过提供服务而获得财富，尽管财富是来自最好的渠道，然而如果是通过谄媚的举动获得，是通过迎合他人的古怪念头以及别的奴颜婢膝的行径而获得的，那么那些财富也就可以被看作最糟糕的财富当中的一种。至于图谋获得遗嘱或者当遗嘱执行人［诚如塔西佗有关塞内加[①]所言："他对遗嘱和监护权的攫取，就好像是一网打尽。"（Testamenta et orbos tamquam indagine capi.）］，则更为卑劣，因为在争当遗嘱执行人和对未成年人的监护人的时候，与提供服务相比，所屈从于的是社会地位更加低下的人。

不要太相信那些似乎鄙视财富的人，因为他们之所以鄙视财富，是因为他们对财富绝望，而当财富来到他们身边的时候，则谁也不如他们更爱财。不要吝惜小钱，财富是长翅膀的，有时它是自

① 塞内加（Seneca，前4—后65），古罗马哲学家、政治家和剧作家。

已飞走，有时是你必须放它飞走，以便带来更多的财富。人们把他们的财富或者是留给他们的亲属，或者是留给公家，不论是在何种情况下，都以适中的数目收效最好。留给一个继承人的一份巨大的产业，就好像是给周围的所有的食肉猛禽留下的一个诱饵一样，如果他在年龄和判断力上不是更稳定的话，那些食肉猛禽就会把他突然抓住。同样，虚荣的赠予，就好像“没有盐的祭品”一样，只不过是为善举所筑的粉刷过的坟墓而已，很快就会从里面腐烂坏死。[①]因而不要根据数量来衡量你的赠予，而应根据赠予的合适性和恰当性来予以调节；再者，也不要把给慈善事业的捐款推迟到死后，因为无可否认，如果一个人能正确地权衡的话，就可看出，死后捐款的人是慷他人之慨，而不是慷自己之慨[②]。

① 语见《新约·马太福音》第23章第29节：“你们这假冒伪善的文士和法利赛人有祸了！因为你们建造先知的坟，修饰义人的墓……”

② 此句并不费解：人死了，钱也不可能是自己的了，实际上已属于他人，故有死后捐款是慷他人之慨一说。

论预言

这里我想谈的，并不是神的预言，也不是异教徒的神谕，更不是有关自然界的预测，而只是那些为人们所多少记得的、其原因又是秘而不宣的预言。女巫对扫罗说："明日你和你众子必与我在一处了。"[①]荷马有如下诗句：

但埃涅阿斯的家族——他的子孙，以及子孙的子孙——

将必定统治所有的海岸。

（At domus Aeneae cunctis dominabitur oris，

Et nati natorum，et qui nascentur ab illis.）

这似乎是有关罗马帝国的一个预言[②]。悲剧作家塞内加有如下

① 扫罗（Saul）是《圣经》故事中的人物，以色列的第一个国王。此处的引语见《旧约·撒母耳记上》第28章第19节。扫罗在与非利士人交战前夕，让女巫预卜吉凶，女巫的话暗示以色列将全军覆没。

② 埃涅阿斯（Aeneas），特洛伊战争中的英雄，特洛伊城的领袖。特洛伊沦陷后，他背父携子逃出火城，经长期流浪，到达意大利，据说其后代就在那里建立了罗马。

诗句：

——在以后的时代必将有一个时刻，
海洋将解开大自然的羁缚，
一个广袤的大陆将敞开胸怀，
蒂菲斯[①]将把新的世界显露出来，
杜里[②]将不再是大地的尽头。

（—Venient annis
Saecula seris，quibus Oceanus
Vincula rerum laxet，et ingens
Pateat tellus，Tiphysque novos
Detegat orbes，nec sit terris
Ultima Thule.）

这是一个有关发现美洲的预言。珀利克雷提斯[③]的女儿梦见，主神朱庇特给她的父亲洗浴，太阳神阿波罗给他敷擦圣油，结果他果然在一个空旷的地方被钉死在十字架上，那儿太阳使他遍体流汗，

① 蒂菲斯（Tiphys），阿尔戈号（Argo）快船的舵手。阿尔戈号快船就是伊阿宋（Jason）率领众英雄去寻找金羊毛时所乘用的船。

② 杜里（Thule）是一个希腊文和拉丁文的名字，古人认为它是世界上最北的一个岛屿或者地区。

③ 珀利克雷提斯（Polycrates，约卒于前532年），古希腊的萨摩斯岛（Samos）的僭主，所谓僭主，也就是专制君主。

雨水又洗涤了他的身子。马其顿王菲利浦[1]梦见，他把他妻子的肚子密封了起来。据此他阐释说，他的妻子将不能生育。但占卜者阿里斯坦德却告诉他，他的妻子已经怀孕了，因为人们是不把空的容器给密封起来的。一个幽灵出现在马可·布鲁图[2]的帐篷里，对他说："你一定会在菲利皮再看见我。"（Philippis iterumme videbis.）提比略对加尔巴说："加尔巴，你也一定会体验到帝国的滋味。"（Tu quoque，Galba，degustabis imperium.）[3]在韦斯巴芗的时代，在东方流传着一个预言，说那些从朱迪亚[4]来的人将会统治世界。尽管这本意可能是指我们的救世主耶稣基督，但塔西佗的解释是，这指的是韦斯巴芗。图密善在被杀死前的那天晚上，梦见有一个金头

---

① 即古代马其顿国王腓力二世（Philippos Ⅱ，前382—前336），他是亚历山大大帝的父亲。

② 马可·布鲁图（Marcus Brutus，约前85—前42），古罗马贵族派政治家，刺杀恺撒的主谋者，后逃往希腊，集结军队对抗安东尼、屋大维联军，反抗"后三头政治（联盟）"，因战败自杀。菲利皮（Philippi）是古希腊马其顿地区的一个古城，今已毁，前42年，安东尼和屋大维在此击败布鲁图和卡西乌（Cassius）所率领的共和军，卡西乌也自杀身亡。由此衍生出一句习语："Thou shall see me at Phillipi."意为"等着瞧吧"，或者"我就要报仇雪耻了"。

③ 提比略（Tiberius，前42—后37），古罗马皇帝，长期从事征战，军功显赫，56岁时继承继父奥古斯都的帝位，因渐趋暴虐，引起普遍不满，在卡普里岛被禁卫军长官杀害。加尔巴（Galba，前3—后69），古罗马皇帝，68年举兵反对尼禄，尼禄自杀后，被元老院确认为古罗马皇帝，后被禁卫军杀死。

④ 朱迪亚（Judea）是古巴勒斯坦南部地区的希腊文和罗马文的名字。

从他的颈背上长了出来。果然在他之后的继承人，在许多年的时间里，创造了黄金时代。[①]在亨利七世还是个孩子的时候，亨利六世给他水，同时对别人说到他："这就是那个一定会戴上我们为之奋斗的王冠的孩子。"[②]我在法国的时候，曾听见一位名叫佩那的医生说，太后很信法术，她当年曾让人给先王，也就是她的丈夫算命，用的是假名字。算命的占星家断定，这个人将在决斗中被杀。对此太后一笑了之，她想，她丈夫不是人们所能挑战或者要求决斗的。但后来他却在马上比枪的对阵过程中被杀死了，那是因为，蒙哥马利的枪的长柄裂片，刺进了他的头盔的活动面甲。[③]

我小的时候，正值伊丽莎白女王年富力强之时，我听到一个平淡无奇的预言：

大麻纤维一织成线，

英格兰也就结束了。

据此人们的一般理解是，英格兰的各位君主为亨利、爱德

① 图密善遇刺后，涅尔瓦（Nerva，30—98）被元老院推举为皇帝。在位3年（96—98），以开明著称，讽刺诗人尤维纳利斯、历史学家塔西佗即属于这个时代。涅尔瓦死后，图拉真即位，改革财政，加强集权统治，大兴土木，发动侵略战争，向东方扩张领土，直抵波斯湾。所谓"黄金时代"，应该是指涅尔瓦和图拉真的时代。

② 亨利六世（Henry Ⅵ，1421—1471），英格兰国王。亨利七世（Henry Ⅶ，1457—1509），都铎王朝第一代英格兰国王。

③ 这里的太后即卡特琳·德·梅迪西（Catherine de Medicis，1519—1589），她是法国国王亨利二世的王后。亨利二世（Henry Ⅱ，1519—1559）是在节日比武中受伤死去的。

华、玛丽、菲利浦、伊丽莎白（Henry，Edward，Mary，Philip，and Elizabeth），把他们的名字首字母连起来就是大麻纤维一词（hempe），在这几位君主之后英格兰将陷于完全的混乱。而应该感谢上帝的是，这个完全的混乱只是在名字的改变上得到了证实。因为国王的称号，现在不再是英格兰的国王，而是不列颠的国王了。① 在1588年以前，还有一个预言，这个预言我不是很理解：

有一天必将看见，

在鲍岛和梅岛之间②，

有挪威的黑色舰队。

舰队到来又离去之后，

英格兰就用石灰和石头筑房，

因为大战以后不再有战争。

普遍的理解是，这指的是西班牙舰队，西班牙舰队是于1588

① 这几位君主及其执政年代分别为：亨利八世，1509—1547；爱德华六世，1547—1553；玛丽一世，1553—1558；菲利浦二世是西班牙国王，玛丽一世的丈夫；伊丽莎白一世，1558—1603。1603年，詹姆斯一世即位，同年英格兰和苏格兰王国政府合并，詹姆斯一世又于1604年被立为“大不列颠国王”。

② 据《万人丛书》版注释，鲍岛（the Baugh）大概指巴斯岛（the Bass Rock），梅岛（the May）大概指福思湾的梅岛（the Isle of May in the Firth of Forth）。

年来犯的，因为据说西班牙国王的绰号就是挪威。[①]雷吉奥蒙塔努斯[②]的预言：

八十八年，一个充满了奇观的年头。

（Octogesimus octavus mirabilis annus.）

人们也同样认为是在西班牙舰队的派遣之中得到了应验，在曾在海上游弋的所有的舰队当中，西班牙舰队虽然不是数量最大者，却是力量最强者。至于克里昂[③]的梦，我认为那是个玩笑。那个梦讲的是，他被一条长长的龙吞掉了。那条龙被阐释为一个制香肠的人，那个制香肠的人曾令他不胜其烦。这样的事情有很多。如果你把梦，以及用占星术做出的预言包括进去的话，那就尤其如此。但

① 西班牙国王即前面注释中提到的腓力二世，1558年玛丽一世去世后，西班牙与英格兰的结盟也就结束。菲利浦执政时，荷兰是西班牙的一个省，菲利浦在那儿任命有总督，1581年荷兰宣告独立，不过1588年西班牙的无敌舰队进攻英格兰时，荷兰仍有西班牙的军队。英国舰队阻止了无敌舰队与在荷兰的西班牙军队的会合，无敌舰队最后又被风暴所覆没。这里的挪威云云，应该是双关诙谐语。挪威当然是国家名，但挪威（Norway）的字面意思又是北方的路（north way），荷兰位于北方，又有西班牙的舰队，因而菲利浦的绰号叫“挪威”亦即“北方的路”，也就顺理成章。

② 雷吉奥蒙塔努斯（Regiomontanus，1436—1476），德国数学家、天文学家，原名约翰·缪勒（Johann Müller），发展了三角学，在纽伦堡建立天文台，观测彗星，编印航海历书，著有《论各种三角形的5部书》《方位表》。

③ 克里昂（Cleon，？—前422），古希腊雅典政治领袖、统帅，伯里克利（Pericles）死后成为雅典民主派首领，伯罗奔尼撒战争中极力主战，曾大败斯巴达军，后战败身亡。

我只记下这为数甚少的几个，也是多少可信的几个，作为例子而已。我的看法是，它们应该全都受到藐视，而且应该只是用作冬天在炉边的谈资而已。不过我所说的藐视，指的是它们的不可信。除此之外，对它们的散布和公布则是万万藐视不得的。因为它们曾酿成极大的祸害，而且我看到，为了查禁它们，有许多严厉的法律被制定了出来。它们的魅力以及在某种程度上的可信性，在于如下三点。首先，人们只有在它们应验的时候才注意到它们，而在未应验的时候则从不注意，这和人们一般对待梦的态度是一样的。其次，很可能成为事实的猜测，或者费解的传说，又往往自己变成了预言。而人在天性上就是渴望预测未来的，这使人们认为，把他们其实只不过是推论出的事情当成预言，是毫无危险的。前面提到的塞内加的诗句就是如此。因为在当时，有大量的事情尚有待于证明，方可说明地球在大西洋的彼岸还有很大的地方，那些地方可能大概并非全是由海洋组成。再加上柏拉图的《提弥厄斯》和《大西洋》中的传说[①]，也就可能鼓励人们把这种说法变成一个预言了。最后也是最重要的一点，就是这些数量巨大的预言，几乎全都是假话，只不过是在事件发生之后，由那些无所事事而又头脑机灵的人编造和杜撰出来的。

① 提弥厄斯（Timaeus），与柏拉图同时代的哲学家，被柏拉图用作一篇文章的名字，《大西洋》（*Atlanticus*）是柏拉图的另一篇文章，Atlanticus是拉丁文，等于英文的Atlantic Ocean。

论野心

野心就像胆汁[①]一样，胆汁是一种体液，如果没有被堵塞的话，它就会使得人们积极、认真、十分敏捷而且活跃。但如果被堵塞，并且不能畅通的话，它就会被烤焦，并因而成为有毒性的体液。所以，有野心的人，如果他们发现自己腾达的道路畅通，而且他们仍在前进的话，那么他们就更是忙碌而不是危险；但如果他们的欲望被阻，那么他们就会心怀不满，以一种恶毒的眼光[②]看待人和事，并且在事情每况愈下的时候最为高兴，而这正是在一个君主或者国家的仆人身上所可能有的最恶劣的品性。因而，君主如果使用有野心的人的话，最好是这样来处理，使得他们始终是在上进而不是在倒退，但由于这样做难免有不便之处，因而最好也就根本不用有这样的天性的人。因为他们若是没有因他们的功劳而升迁的话，便会把事情安排得让他们的工作与他们一起堕落。不过，鉴于我们说过，

① 胆汁（choler），古生理学中的四种体液之一，被认为能促成暴躁脾气。
② 恶毒的眼光（evil eye），据迷信说法，此种眼光可使人倒霉或受到伤害。

除非必要，最好是不要用天性有野心的人，那么我们不妨谈一下，在哪些情况中他们是必要的。

在战争中必须用良将，不管他们是多么有野心，因为他们的功劳使别的事情都得到原谅了，而且使用没有野心的军人，就等于卸下他的踢马刺[①]。有野心的人还有一大用处，那就是在君主处于危险和受嫉之时，用作君主的屏障，因为谁也不会担当这样的角色，除非他就像一只眼皮被拉下来的鸽子，那只鸽子只知道一个劲地往上飞，因为它看不见周围的一切。有野心的人还有一个用处，那就是挫掉任何一个不可一世的臣民的气焰。例如提比略，他就是使用马可罗[②]除掉了塞扬努斯[③]。既然在这样的情况下必须使用他们，因而也就有必要谈一下怎样驾驭他们，以使他们不那么危险。这样的人，如果出身卑微，那就比出身高贵危险小；天性冷峻，那就比文雅而得人心危险小；刚被提拔，那就比因久居高位而奸诈并深有城府危险小。有些人认为，君主拥有宠臣是一个弱点。但在对付有野心的大人物上，这却又是所有方法中最好的一种。因为当使人高兴和冒犯他人是出自宠臣之手的时候，那么别的人也就不可能权力过大。另外一种约束他们的手段，就是用和他们一样傲慢的人来与之

① 踢马刺（spur）为驱策马前进之物，卸下踢马刺，也就是无驱策之力。

② 马可罗（Macro），提比略的亲信，其以阴谋、不忠和残忍著称。他杀死了塞扬努斯，后来又成了谋杀提比略的同谋。

③ 塞扬努斯（Sejanus，前20—后31），罗马帝国禁卫军司令、执政官，原为提比略的亲信，因篡位阴谋败露而被处死。

抗衡。不过这样一来，也就必须有一些中间派大臣来保持稳定，因为若是没有那个压舱物的话，这条船就会过于颠簸。[①]起码，一个君主可以鼓动和训练某些小人，使他们好像成为有野心的人的灾星一般。至于让那些有野心的人容易毁灭，如果那些有野心的人天性胆怯，这就可能奏效。但如果他们大胆鲁莽，这就会促成他们的阴谋，反而是危险的。至于把他们搞下台，如果情况需要如此，而突然把他们搞下台又恐有不测，那么唯一的途径就是不断地又宠爱又贬谪，这样一来他们就可能无所适从，好像是走在树林里一般。

在各种野心当中，那种要在大事上占上风的野心，不如在每一件事情上都要占上风的野心有害，因为后者滋生混乱，破坏工作。然而让一个有野心的人忙于事务，又比让他拥有大量扈从危险小。凡是想在能人当中出风头的人，是在给自己找了个大的苦差事，不过这对公众来说却总是有利。但如果密谋在无足轻重的人当中成为唯一的名人，则是毁灭了整个时代。欲登高位者有三个动机：想获得行善的有利地位，想接近君主和要人，想自己获得富贵。一个人在渴望达到目的的时候，如能拥有这当中最好的动机，就是一个可靠的人。而君主如果能在渴望达到目的的人身上识别出这些动机，就是一个明智的君主。一般说来，君主和政府应该选择那些大臣，他们更意识到责任，而不是升迁，更出于责任感而热爱工作，而不是出于炫耀欲而热爱工作，而且君主和政府也应把好事的天性和积极肯干的精神识别出来。

① 当然这是比喻，以船喻指朝政，以压舱物喻指使朝政稳定的中间派大臣。

论假面剧和盛典[1]

在本书所谈的如此严肃的论题当中，这些东西只不过是小玩意儿。然而，既然君主们非要这种东西不可，那么它们也就应该因典雅而增色，而不是因俗气的装饰品而累赘。跟着歌曲跳舞，是一件非常壮观而又愉快的事情。我认为，歌曲应由合唱队演唱，合唱队应站在高处，并由分声部的乐队伴奏，歌词也应适合于剧情。在歌唱中表演，尤其是在对话中表演，是非常优雅的。我说的是表演，而不是前后左右的移动（因为那是一件低劣而又俗气的事情）。而对话中的嗓音，应该有力而又具男子气（要有低音和高音，但不要用童声的最高音）。歌词应该高尚而严肃，而不是过于细腻或者绮丽。几个合唱队，如果站得错落有致，几个声部轮唱，就像唱圣歌那样，就会带来巨大的快乐。让舞蹈者组成图案，是一种幼稚的小

① 假面剧（masque）是16—17世纪盛行于英国贵族社会的一种戏剧演出，以神话和寓言为主题。盛典，原文是triumph，该词原指古罗马的凯旋式，在这里意为盛典，也就是热闹场面。

玩意儿。而且一般说来，应该注意到，我这儿所谈到的那些事情，是人们所自然会喜爱的事物，与令人惊讶的小伎俩没有什么关系。

确实，场景的转换，只要是进行得安静而又无嘈杂之声，也就非常美而且令人愉快，因为这使目光饱览景色之后又得到休息，然后再看同样的演出。场景应该光线明亮，尤其应色彩艳丽而又多变。而需要走下舞台的戴面具的演员，或者任何一个需要走下舞台的演员，在走下舞台以前，应在舞台上做出某些动作。因为这会特别吸引观众的目光，想看清自己不能完全识别出来的东西，因而也就带来了极大的愉快。歌声应该嘹亮活泼，而不应尖声尖气或者呜咽哀诉。音乐也同样应该清晰嘹亮，音高得当。在烛光下效果最好的色彩是白色、粉红色以及一种海水绿。闪闪发光的圆形小金属片，它们既不费钱，又最为光彩夺目。至于富丽堂皇的刺绣，则在烛光下既失去光彩又识别不出来。演员的服装应该得体，并且在演员除下面具的时候与所扮演的角色相配，而不应仿效众所周知的服装，如土耳其人的服装、士兵的服装、水手的服装，等等。幕间的滑稽节目不应过长，幕间的滑稽节目通常演的是傻子、森林之神萨梯、狒狒、野人、小丑、野兽、小妖精、女巫、黑人、侏儒、土耳其人、仙女、乡下人、爱神丘比特、移动的雕像，等等。至于天使，他们是不够滑稽的，因而不适于放在幕间的滑稽节目里，而凡是可怕的角色，例如魔鬼、巨人，也不适于出现在严肃的假面剧里。但主要的是，幕间的滑稽节目的音乐应该带有娱乐性质，并应有一些奇怪的变化。在情绪紧张热烈的人群当中，如果突然来几阵香气而又不见有水珠落下的话，那就很令人感到愉快和新鲜。双重的假面剧，一个由男士演出，一个由女士演出，则显得更加庄重和新颖。但如果演出的房间不干净整洁的话，则一切全是空谈。

至于骑士的单人马上比武、多人马上比武，以及步战比武，它们的壮观之处主要是在于挑战者入场时所乘坐的战车上，如果战车是由奇兽驾驭，则尤其壮观，如狮子、熊、骆驼，等等。其壮观也在于对挑战者入场时的场面安排，或者是在于挑战者的华丽的服装，或者是在于他们的坐骑和甲胄的漂亮的装备。不过有关这些小玩意儿说得已经够多了。

论人的天性

天性往往是被掩盖起来，有时被压倒，但很少被消灭掉。压抑天性，则使天性返回之时更加强烈。教诲和交谈，能使天性不那么令人烦恼，但只有习惯，才能改变和制服天性。凡是想战胜自己的天性的人，不可为自己定下过大或过小的任务，因为前者会使他因为经常失败而沮丧，而后者尽管使他经常获得成功，但取得的进步却小。一开始他应借助于帮助来行动，就像用充气的囊袋或者苇筏帮助学习游泳一样，但过了一段时间以后，他就应在不利条件下行动，就像舞蹈家穿着厚鞋子练习跳舞一样。因为，如果练习比应用困难，也就产生巨大的完美。如果天性的力量强大，因而难以取得对它的胜利，那么就应该保持这样的程度：首先是及时抑制和控制住天性，就像人在愤怒的时候背诵那24个字母一样[①]；然后在数量上

① 以前人们认为，I和J是同一个字母，U和V也是同一个字母，所以字母表有24个字母。而不是今天的26个字母。背诵那24个字母，就是背诵字母表。参见《论友谊》注。

减少，就像人在戒酒的时候，从祝酒畅饮减少到一餐喝一口，一直到最后完全戒掉一样。但如果一个人有那种刚毅和决心，能立即使自己获得解脱，那就最为理想：

啪地绷断那擦痛胸膛的锁链，一举而永免受罪，

也就是最好地维护了灵魂的自由。

（Optimus ille animi vindex laedentia pectus

Vincula qui rupit，dedoluitque semel.）

古人还有一条规则，那就是矫枉过正，从而把天性纠正过来，不过条件是，那相反的极端绝非恶行方可。这条规则也并非不恰当。不应无休止地持续把一种习惯强加给自己，而应有某种间歇。这既是因为停顿能使新的开始更为有力，也是因为如果一个人并不完美，却又总是在实践，那么他就必定既实践他的能力，也实践他的错误，并因而产生一种能力和错误兼而有之的习惯。而对这一点除了适时的间歇，没有别的补救办法。不过一个人不可过于相信他对他的天性所获得的胜利，因为天性可以埋藏很长时间，但在适当时机或者受到诱惑之时，便复活过来。这就像《伊索寓言》中的那个由猫变成女人的少女一样，她非常娴静地坐在餐桌的一端，但一见有一只小老鼠从眼前跑过，便扑了过去。因而人应该或者是完全避免那种时机，或者是经常把自己置于那种时机之中，从而使自己不为之动心。最能察觉到人的天性之处，一是在独处之时，因为此时没有矫情；一是在激动之时，因为激动使人摆脱了自己的戒律；

再就是处于新的情况或者试做新的事情之时，因为此时无惯例可援。天性与职业相适应的人，是幸福的人。否则的话，当他们从事他们不喜爱的工作时，他们就可以说："长期以来我的灵魂一直是个寄居者。"（Multum incola fuit anima mea.）[1]在学习上，凡是强迫自己去学习的学科，都应给它规定下学习时间，而凡是与自己的天性相适合的学科，则不必费心规定时间，因为思绪会自发地飞向那个学科，只要用于别的工作或者学习上的时间够用就行。人的天性不是长成药草，就是长成杂草，因而应适时地给药草浇水，并把杂草除掉。

① 语见《旧约·诗篇》第120章第6节，《圣经》中译本为："我与那恨恶和睦的人许久同住。"所谓"寄居者"云云，意即如果天性与职业不相适应，那么灵魂也就像居于异乡一样。

论习惯与教育

人们的思想多是与他们的倾向相一致，言谈话语多是与他们的学问和被灌输的见解相一致，但他们的所作所为，却是与他们的习惯相一致。所以马基雅弗利[①]说得精彩（尽管所举的例子是可怖的），他说，不论是天性的力量，还是浮夸的大话，若没有得到习惯的证实，都是靠不住的。他所举的例子是，为了使一个孤注一掷的阴谋获得成功，人不应该依赖任何人的残暴的天性，或者任何人的坚定的许诺，而是应起用以前曾手染鲜血的人。但是马基雅弗利并没有听说过一位叫克雷芒[②]的托钵修会修士，也没有听说过一个名叫拉维拉克[③]的人，也没有听说过一个名叫若雷吉的人，以及一个

---

① 马基雅弗利（Machiavelli，1469—1527），意大利政治思想家、历史学家、作家，主张君主专制和意大利的统一，认为为达政治目的可不择手段（马基雅弗利主义），著有《君主论》《佛罗伦萨史》、喜剧《曼陀罗》等。

② 克雷芒（Clement）于1589年暗杀了法国国王亨利三世。

③ 拉维拉克（Ravillac）于1610年杀死了法国国王亨利四世。

名叫巴尔塔扎尔·热拉尔[1]的人，不过他的这条规则仍然有效，即不管是天性，还是话语的保证，都不如习惯有力量。只不过现在迷信是如此之盛行，结果使得初次抛洒鲜血的人，就像职业屠夫一样坚定，而建立在誓言的基础上的决心，则被视为等同于习惯，甚至在流血事件中也是如此。而在迷信之外的事情上，习惯的主导地位则是到处可见。以至于到了这样的程度，使人们可以表白、抗议、许诺、吹牛，然后所作所为又完全一如既往，好像他们是无生命的塑像和器械一般，只是被习惯的轮子给推动着。这种情况自是会令人惊讶。

我们也看到，什么是习惯的统治或者专制。那些印度人（我指的是印度人那个博学的教派[2]），他们静静地躺在一垛木柴上，用火自焚以做牺牲。不仅如此，他们的妻子还争着与她们的丈夫一同烧死。古时候的斯巴达少年，习惯于在狄安娜[3]的祭坛上受笞刑，甚至

① 1582年，若雷吉（Jaureguy）试图暗杀奥伦治亲王威廉（William of Orange），未获成功。两年后，威廉被巴尔塔扎尔·热拉尔（Baltazar Gerard）刺杀。奥伦治亲王威廉（1533—1584），又称沉默者威廉，领导荷兰反对西班牙国王菲利浦二世的统治，缔结北方七省乌特勒支同盟，成为尼德兰联省共和国第一任执政，1584年被西班牙刺客热拉尔刺杀。

② 指印度的天衣派信徒（gymnosophists），亦译裸体派信徒。天衣派形成于公元1世纪，为印度耆那教派别之一，认为耆那教徒不应有私财，只能以天为衣，重苦行，歧视妇女，靠乞食为生。他们之所以裸体，是因为他们认为衣服阻碍了思考。

③ 狄安娜（Diana），罗马神话中的月亮和狩猎女神，相当于希腊神话中的阿耳忒弥斯（Artemis）。

一动也不动。我记得，在英格兰的伊丽莎白女王执政的初年，一名被判处了死刑的爱尔兰反叛分子向女王的代表提出请求，希望他能被藤条绞死，而不是被绞索绞死，因为以前的反叛分子就是被藤条绞死的。在俄罗斯有一些僧人，为了表示赎罪而自我惩罚，会在水盆里坐上一夜，直到身上结上坚冰为止。有关习惯在精神上和肉体上所具有的力量，可以举出很多例子来。因而，既然习惯是人的生活的主宰，那么人们应该尽一切办法获得好的习惯。无可否认，习惯如果是从幼年开始养成的，也就最为完美，我们把这称为教育，实际上，教育只不过是一种早期的习惯而已。因而我们看到，与以后相比，年轻的时候在语言的学习上舌头更加灵活，易于学习各种表达方式和声音，在运动上关节更加柔韧，易于做出各种姿势和动作。因为确实，学得晚的人不可能这样灵活。除非是有些人的情况，他们并没有让自己故步自封，而是能够接受新事物，能不间断地接受改进。不过这种情况十分罕见。但如果简单而又单独存在的习惯，它的力量是巨大的话，那么结合起来、联合起来、融为一体的习惯，它的力量也就愈加巨大。榜样带来教益，交往增加力量，仿效增加生气，得意激发情绪，所以在这样的地方习惯的力量也就能产生最大的效果。无可否认，人性上的美德的巨大增长，依赖于秩序井然、风纪良好的社会。国民和好的政府确实能有助于已经形成的美德的成长，却不能在根本上有多少改变。但可悲之处在于，最有效的手段，现在却被应用于最不想达到的目的上了。

论命运

表面上的偶然因素——得宠、机会、他人的死亡、适应于才能的时机——在很大的程度上导致了好运的产生，这一点是不能否认的。但一个人的命运，主要是由他自己亲手塑造而成。所以诗人说："每一个人都是他自己命运的设计师。"（Faber quisque fortunae suae.）而最为频繁的外部原因就是，一个人的愚行便是另一个人的好运，因为最能使一个人突然获得成功的，莫过于靠着他人的错误了。"一条蛇只有吞掉一条蛇，才能变成一条龙。"（Serpens nisi serpentem comederit non fit draco.）明显易见的才能带来赞扬，但却有一些隐秘而又隐藏起来的才能，它们带来好运，那是一些使人的自我得以实现的手段，那些手段尚无以名之。西班牙人把它们称为desemboltura（意为自信而又从容的表现），这个词在某种程度上把那些手段表达出来了，即当人的天性中并没有障碍或乖戾，而是他的精神的轮子与他的命运的轮子一同运转的时候，也就有了自信而又从容的表现。所以李维[1]在这样描述了大加图[2]——“他的身体和精神具有这样强大的力量，因而不论他生在什么阶层的家庭，他都会为自己赢得成功。”（In illo viro tantum robur corporis et animi fuit，ut quocunque loco natus esset，fortunam sibi facturus videretur.）——之后，又归结在这一点，即他有一种多才多艺的天性（versatile ingenium）。因而，如果一个人敏锐而又全神贯注地观看的话，他就一定会看见命运女神，因为尽管她是盲目的，她却并不是隐形的。命运之道就像天上的银河，银河是若干小星星的聚集或者群簇，它们不是分隔开来被人所看见的，而是在一起放出光芒。同样，有若干小的、几乎识别不出的长处，更精确地说是能力和习惯，它们使得人们走运。在这些长处当中有一些是人所难以想到的，但意大利人却注意到了。当他们谈到一个不会出错的人的时候，他们总是会在他的别的条件当中，加上这么一句，说他有点傻气（Poco di matto）。无可否认，最为幸运的两个性格特征，莫过于有一点傻气且又不过分诚实。[3]所以，极端热爱他们的国家或者主人的人，从来就不是幸运的，而且他们也不能够幸运。因为当一个人把他自己的思想置于己身之外的时候，他就

① 李维（Livyus，前59—后17），古罗马历史学家，著《罗马史》142卷，记述公元前753年罗马建城至公元前9年的历史，大部分佚失。

② 大加图（Cato Major），即马可·加图（Marcus Cato，前234—前149），亦称老加图，古罗马政治家、作家，曾任执政官、监察官等职。维护罗马传统，鼓吹毁灭迦太基，著有《史源》《农业志》等，为拉丁散文文学的开创者。

③ 当然这里并不是说不要诚实，而是说过分诚实就难免迂腐了。

不是按照自己的路去走了。仓促获得的好运，会造成冒险家和忙乱的人［法国人的说法要好一些，叫entreprenant（敢干的人），或者remuant（惹是生非的人）］，但经过磨炼的好运，却能造成有能力的人。

命运女神，哪怕只是为了她的女儿的缘故，也应受到尊敬和尊重，那两个女儿便是自信和名声。因为这两个女儿都是由幸福所产生的，幸福在人的自我之内产生自信，在别人对他的看法之上产生名声。所有的聪明人，为了避免人们对他们自己的才能产生嫉妒，往往把他们的才能归因于天意和命运，因为这样一来，他们也就更可具有这些才能；除此之外，一个人若是受到上苍的佑护，那就是他的伟大之处。所以恺撒对在暴风雨中行船的舵手说："你载着恺撒和他的命运。"（Caesarem portas，et fortunam ejus.）所以苏拉[①]选择了"幸运的"（Felix）苏拉这个称号，而不是"伟大的"（Magnus）苏拉这个称号。而且人们注意到，那些公开地过分归因于自己的智慧和计谋的人，下场是不幸的。书上记载，雅典人提谟修斯[②]在向他的国家报告他的政绩的时候，经常在他的讲话中夹杂着

① 苏拉（Sulla，前138—前78），古罗马统帅、独裁官，加强元老院权力，实行军事独裁统治，自行退隐普托里庄园，实际上对罗马国事仍有重大影响，后病死。

② 提谟修斯（Timotheus，？—前354），古希腊政治家和将军，击败斯巴达及波斯军队，占领北爱琴海沿岸的许多城市，引起反叛雅典的同盟者战争（前357—前355）。

这么一句话，“这里命运并没有起作用”，在那以后，他在他所从事的任何事情上从未获得成功。无可否认，有一些人的命运就像荷马的诗句，荷马的诗句比别的诗人的诗句更流畅、更从容。普鲁塔克[①]认为，与阿格西劳斯[②]和伊巴密浓达[③]的命运相比，提默莱昂[④]的命运就像荷马的诗句一样。之所以如此，毫无疑问在很大的程度上在于人的本身。

---

① 普鲁塔克（Plutarch，约46—约120），古罗马时代希腊传记作家、散文家，以《希腊罗马名人传》闻名于世。

② 阿格西劳斯（Agesilaus，约前444—前360），即阿格西劳斯二世，亦译阿格西劳二世，古希腊斯巴达国王，崇尚武功精于谋略，被视为斯巴达尚武，精神的化身。

③ 伊巴密浓达（Epameinondas，约前420—前362），古希腊底比斯将军，两次击败斯巴达，建立反斯巴达同盟，称霸希腊，后进军伯罗奔尼撒，在曼提尼亚战役中阵亡。

④ 提默莱昂（Timoleon），古希腊一奴隶制城邦科林斯（Corinth）人，约卒于前337年。反对僭主政治，前339年以寡敌众，大败迦太基军队，解放了西西里地区，赢得西西里人的感激和尊敬。

论有息贷款[1]

有许多人妙趣横生地痛骂了有息贷款。他们说，令人遗憾的是，人的收入的十分之一[2]本来是应该交给上帝的，结果却交给了魔鬼。放债人是最大的不守安息日的人，因为每个星期日他的犁都在犁地，放债人就是维吉尔[3]所说到的那种雄蜂：

他们把那群懒惰的雄蜂从蜂巢里驱赶出去了。

（Ignavuum fucos pecus a praesepibus arcent.）

而且放债人违背了那条法律，那就是在人类堕落之后替人类所制定出的第一条法律，即“你必汗流满面才得糊口”（in sudore vultus

① 原文usury，意思是高利贷。这个词古义是有息贷款，笼统地说就是放债，所以文中以这两个义项译出。

② 指什一税（tithe），人民以年收农产品的十分之一交给教会。

③ 维吉尔（Virgil，前70—前19），古罗马诗人，作品有《牧歌集》、《农事诗集》4卷，代表作为史诗《埃涅阿斯纪》，其诗作对欧洲文艺复兴和古典主义时期的文学产生了巨大影响。

tui comedes panem tuum）[①]，而不是“让别人汗流满面”（in sudore vultus alieni）以糊口。放债人应该戴橘黄色或者茶色的帽子，因为他们确实已犹太化了。[②]让钱生钱是违背自然的，以及诸如此类的话。我只说这一点，即有息贷款是“由于人们心肠硬而得到许可的一件事情”（concessum propter duritiem cordis），因为既然借进和借出是必然的事情，而且人们的心肠又是硬得不会把钱白借给他人，那么有息贷款也就必须得到允许。还有些别的人，他们根据怀疑有关银行、人们的财产和收入的内情，以及别的调查结果，作了巧妙的陈述，但却很少有人对有息贷款说过有用的话。因而有裨益的事情就是，把有息贷款的不利之处和有利之处摆在我们的面前，以使好的方面或者是可以被衡量出来，或者是可以被挑选出来，同时又小心地做出准备，以使我们在朝着好的方面走去的时候，不会遭遇到糟糕的东西。

有息贷款的不利之处是，第一，它使得商人数量减少，因为倘若没有放债这种懒惰的职业，金钱是不会静止不动的，而是会在很大的程度上用于商业，而商业又是国家中的财富的门静脉（vena porta）。第二，它造成了能力差的商人，这是因为，正如农民如果须缴纳大量的田租就不可能很好地耕作土地一样，商人如

① 语见《旧约·创世记》第3章第19节。

② 中世纪的法律通常要求犹太人戴黄色的头巾。在中世纪，放债人主要是犹太人。

果须缴纳大量的利息的话，也不能很好地卖力做生意。第三个不利之处伴随着前两点而来，那就是君主或者国家的税收的减少，因为君主或者国家的税收是随着商业而涨落的。第四，它使得王国或者国家的财富落入了少数人的手中，因为放债人保证能赚钱，而借债人则不一定能赚钱，所以到这场游戏结束时，大多数的钱也就落在放债人的现金箱里，而一个国家却总是在财富更平均地分布开来的时候才繁荣起来。第五，它迫使土地的交易量降低，因为金钱的使用，主要的或者是用于做生意，或者是用于购买田产，而放债则把这二者都给抢劫了过去。第六，它削弱和抑制了一切技能、改善和新的发明，倘若没有放债这种拖后腿的事情的话，金钱本来是会在技能、改善和新的发明当中活跃起来的。最后，它破坏和毁坏了许多人的财产，而这随着时间的推移则酿成公众的贫困。

而另一方面，有息贷款的有利之处是，首先，尽管放债在某些方面阻碍了商业，但在某些别的方面却又促进了商业，因为无可否认，贸易的最大的部分，是由年轻的商人依靠付利息借钱来推动的。这样一来，如果放债人或者是要求付清他的钱，或者是拒不出借钱，那么贸易的巨大停顿马上就会随之产生。其次，倘若不能这样容易地以付利息而借到钱的话，那么人们的需要将使他们最为突然地陷于崩溃，因为他们就会被迫以远远低于其价值的价格，卖掉自己的财产（不管那是地产还是动产）。所以，恶劣的市场会把他们完全吞掉，而有息贷款只不过是啃咬他们而已。至于抵押借款或者典当，那也是于事无补，因为人们或者是不会不要利息而接受典当物，或者是，如果他们不要利息而接受典当物的话，他们就会恰恰期待着没收典当物。我记得有一个残忍的乡下有钱人，他常说："但愿魔鬼把这个有息贷款带走，因为它使得我们不能没收抵押的契据和债券。"最后一点就是，认为会有一种不带赢利的普通的借贷，乃是一种虚妄的想象，而且如果借贷受到限制，那么要设想出随之会有多少不便之处，则是不可能的。所以，有关废除有息贷款的言论，乃是空话。所有的国家始终都是以某种方式拥有有息贷款——因而那种见解只好送到乌托邦[①]去了。

现在谈谈有息贷款的改革和管理：怎样才能最好地避免它的不利之处，而又保留它的有利之处。把有息贷款的有利之处和不利之处比较一下就可看出，似乎有两个东西须予以调和：一是应该把有息贷款的牙齿磨得钝一些，这样一来它就不会咬得太厉害；再就是应该敞开一个途径，吸引有钱人把钱借给商人，以使贸易得以继续和加快。这一点，只有采用两种不同的有息贷款才可能做到，一是小的有息贷款，一是大的有息贷款，因为如果把有息贷款降低到一个低的利率，那就会使普通的借款人感到舒服，但商人却会不容易借到钱。而且应该注意到，商业贸易既然是最赚钱的，所以也就可以承受高利率的有息贷款——而别的行业做不到这一点。

① 在托马斯·莫尔（Thomas More，1478—1535）的《乌托邦》一书中，乌托邦这个想象之中的国家里既没有私有财产，也没有放债业。

要达到这两个目的，简单说来是这样做，应该有两种借贷利率：一种是对一切人都是自由而且一般的利率。另外一种，是只针对某些人，而且只是在商业的某些领域里得到许可的利率。因而首先，一般的有息贷款的利率应降低到百分之五，同时应宣告，这个利率是自由的和通行的，而且政府应对此不予以惩罚。这将使借贷不陷于普遍的停顿或者衰退，这将使国内无数的借贷人感到舒服，这将有效地提高土地的交换量，因为以十六年交清买款为期购买的土地，年利息为百分之六或者更高，而以这种利息来购买，年利息则只有百分之五。同样，这也会鼓励和刺激人们做出勤奋而又有益的改进，因为许多人宁可在那种改进中冒险，也不愿接受百分之五的利率，那些习惯于更高的利润的人更是如此。其次，应该让某些人得到允许，以更高的借贷利率把钱借给知名的商人，并应遵守下列告诫。这种利率，即使在那些商人看来，也应该是比他们以前所付出的利率多少容易付一些。因为这样做，所有的借贷人都一定会因为这个改革而多少感到舒服，不管是商人还是什么人。这不应由银行或者一般的金融机构插手，而应该是每一个人做他的钱的主人——这并不是说我完全不喜欢银行，而是说由于有某些怀疑，而难以使用银行。政府颁发执照，应被付以少量的费用，其余的则应留给放债人，因为如果所缴纳的费用少，那就丝毫也不会令放债人灰心。举例来说，原先收取百分之十或者百分之九的利息的人，将会宁可降到百分之八，也不愿放弃这个放债的交易，不愿撇下有把握的收益而走向冒险的收益。获得执照的放债人应该数目不定，不过却应限制在某些主要的商业城市和乡镇。因为这样一来，他们也就难以把国内别的人的钱当成自己的[①]，结果持有百分之九利率的执照的人，就不会把通行的百分之五的利率吸纳掉，因为谁也不会把钱借给远处的人，也不会把钱交到不认识的人手中。

如果有人提出异议，说放债以前只不过是在某些地方得到允许，而我却可以证明放债是正当的，那么我的回答就是，与其由于默许而听任放债猖獗，不如通过公开表明态度而使放债变得温和。

① 也就是说，难以把别人的钱以自己的名义贷出以获利。

论青年与老年

一个论岁数年轻的人，论小时可以是老人——如果他根本不浪费时间的话。不过这种情况是罕见的。一般说来，青春就像最初的谋划一样，它不像再次的谋划那样明智。须知既有年龄上的青春，又有思想上的青春。然而年轻人与老年人相比，创造力要更为敏锐，想象力更容易流入他们的头脑，好像更是得到神助一般。天生好激动、拥有巨大而又强烈的欲望和烦恼的人，只有过了壮年才适于采取行动，尤里乌斯·恺撒和塞普蒂米乌斯·塞维鲁斯[①]就是如此，有关后者有人说："他度过了一个充满了愚行的青年时代，更精确地说是一个愚蠢至极的青年时代。"（Juventutem egit erroribus，imo furoribus，plenam.）然而他却几乎是所有皇帝当中最有能力的皇帝。天性冷静的人却可能在青年时代就能干，这一点见于奥古斯都·恺撒、佛罗伦萨公爵科兹莫、加斯东·德·弗瓦[②]

---

① 塞普蒂米乌斯·塞维鲁斯（Septimius Severus，约146—211），古罗马皇帝。

② 加斯东·德·弗瓦（Gaston de Foix），驻意大利的法军司令，1512年阵亡。

等人。而另一方面，老年时富有激情和活力，则是一种有利于工作的优秀的气质。

年轻人更适于创造而不是判断，更适于执行而不是提出忠告，更适于从事新的事业而不是一成不变的工作，这是因为，老年人的经验，在位于其范围之内的事务中，是指导事务的，而在新的事务中，却是误导事务的。年轻人的错误，毁灭了工作，老年人的错误却充其量不过是，本来是可以做得更多一些，或者做得更早一些。年轻人在行动的实施和管理上，所包揽的事情比能办到的多；所激发起来的比能平息下来的多；迅速奔往目的，而不考虑达到目的的手段和通往目的的阶段；荒唐地追随某几个他们偶然遭遇到的主义；在进行创新的时候马虎从事，这就造成新的麻烦；一开始就使用极端的补救办法；并且，那些一错再错的人，绝不会承认错误或者收回错误，就像一匹执拗的马一样，那匹马既不停下，也不拐弯。老年人提出的异议过多，商议的时间过长，冒险太少，后悔太快，并且很少把工作完成得给人留下印象，而是满足于一种平庸的成功。无可否认，把对这二者的使用结合起来是有益的，因为这会有益于当前，而这又是因为，青年和老年的长处可以纠正彼此的短处，这也会有益于以后，而这又是因为，当老年人做事的时候，年轻人可以学习；这也会有益于外部事件的处理，而这又是因为，老年人享有威信，而年轻人则享有宠爱和讨人喜欢。但就道德方面而言，也许年轻人会卓越一些，正如在政治方面老年人会卓越一些一样。

有一句经文是："你们的年轻人定会看见幻象，而你们的老年人定会梦见幻想。"有一位拉比[1]在讲这句经文时推断，年轻人比老年人更接近于上帝，因为幻象是一种比幻想更为清晰的启示。无可否认，世情如酒，越喝越醉人，老年人更得益于理解的力量，而不是得益于在意志和感情上的长处。有一些人，他们过于早熟，而这种过于早的成熟又很快便凋谢。他们是这些人，第一种，他们有敏锐的才智，而那种敏锐又很快便变得迟钝。修辞学家赫莫吉尼斯[2]便是这样的人，他的著作是极其缜密的，但他后来却变得笨头笨脑。第二种是那些人，他们拥有某些更是为青年而不是老年增加光彩的天性，例如流利而又辞藻华丽的谈吐，它就很适合于年轻人，而不适合于老年人，所以塔利[3]在谈到霍顿西乌斯[4]时说："当依然故我对他已不再合适的时候，他却仍然是依然故我。"（ldem manebat, neque idem decebat.）第三种是这样的人，他们一开始便竭尽了全

① 拉比（rabbin或rabbi），指犹太教负责执行教规、律法并主持宗教仪式的人员或犹太教会众领袖。

② 赫莫吉尼斯（Hermogenes），2世纪时的希腊修辞学家，卒于161年，著有《修辞学》一书。据说他在25岁的时候便完全失去记忆了。

③ 塔利（Tully），古罗马政治家、演说家和哲学家西塞罗（Cicero，前106—前43）的英语名。

④ 霍顿西乌斯（Hortensius），古罗马演说家，卒于公元前63年。他曾是西塞罗的竞争对手。

力，结果岁月并不能把他们的高尚的心地长期维持下去。西庇阿[1]就是这样的人，有关西庇阿，李维实际上说："他的结局比不上他的开端。"（Ultima primis cedebant.）

① 西庇阿（Scipio Africanus，约前236—前183），古罗马统帅，在第二次布匿战争中参加坎尼战役，入侵迦太基，在扎马击败迦太基统帅汉尼拔，曾两度任执政官。

论美

德行犹如宝石，最好是用朴素的东西来镶嵌。无疑，德行如果是在一个好看的人的身上则最佳，虽说那个人不一定长得眉清目秀，而且那个人与其面貌美丽，不如气宇轩昂。一般说来，长得非常美的人在别的方面并没有巨大的才能，这就好像，大自然宁可忙于不犯错误，也不愿费心创造出卓越之物似的。所以那些长得非常美的人所取得的成就，结果并不是具有内在美的成就，他们注重的是行为而不是德行。但这也并不尽然，因为奥古斯都·恺撒、提图斯·韦斯巴芗[①]、法国的美男子腓力浦四世[②]、英格兰的爱德华四

① 提图斯·韦斯巴芗（Titus Vespasianus，39—81），古罗马皇帝，曾任执政官，与父皇韦斯巴芗共执朝政，镇压犹太人起义，夷平耶路撒冷，即位后所建凯旋门至今犹存。

② 美男子腓力浦四世（Philippe IV le Bel，1268—1314），法国卡佩王朝国王，积极实行改革，加强王权，镇压佛兰芒人，驱逐犹太人并没收其财产，逮捕圣殿骑士，将教皇驻地迁往阿维尼翁。

世[1]、雅典的亚西比德[2]、波斯萨非伊斯迈尔[3]，他们都是志向高远的人，然而又是当时最美的男子。论起美来，状貌之美胜于面色之美，而体面又优雅的姿态之美，又胜于状貌之美。美之极致，非图画所能表现，而且乍看之时也觉察不到。凡是非常之美，都在比例上有某种奇特之处。在阿帕莱斯[4]和阿尔贝特·丢勒[5]两人当中，丢勒是要根据几何学上的比例来画人物，而阿帕莱斯则是从几个面孔取其最好的部分，来画出一个卓越的面孔，他们两人当中究竟是谁更浪费时间，实难断言。我以为，这样画出的人物，只会使画家本人满意。不过我还是认为，画家是可以画出一张比以往都要美的面孔的，只是画家必须以一种富有创造力的想象来画，（作曲家就

---

① 爱德华四世（EdwardⅣ，1442—1483），英格兰国王，在玫瑰战争中击败兰开斯特家族的亨利六世，取得王位，入侵法国，同法国缔结贸易协定，促使经济复苏。

② 亚西比德（Alcibiadēs，约前450—前404），古希腊雅典的政治家和将军。

③ 萨非（Sophy），16—18世纪波斯君王的称号，亦称沙（Shah），也就是国王。这里指伊斯迈尔一世（Ismael I，1487—1524），他是波斯萨非王朝（the Savafid dynasty）的创立者。

④ 阿帕莱斯（Apelles），约前4世纪后半期的古希腊画家。不过这里系培根记忆有误，他实际上指的是宙克西斯（Zeuxis）。宙克西斯是活动于前5世纪末的古希腊画家，作品已无存，传说其画形象生动逼真，所绘葡萄曾引来鸟儿啄食。

⑤ 阿尔贝特·丢勒（Albrecht Dürer，1471—1528），德国画家、雕塑家和建筑家，将意大利文艺复兴精神与哥特式艺术技法相结合，主要作品有油画《四使徒》、铜版画《骑士、死神、魔鬼》等。

是凭着富有创造力的想象创作出杰出的乐曲，）而不是按照规则来画。人们一定会看到这样一些面孔，如果把它们的五官分别予以仔细观察的话，那么那些面孔没有一个是好看的，但整个地来看，却很好看。

如果美的主要部分确实是得体的举止的话，那么就无可否认，上了年纪的人似乎往往更加和蔼可亲，也就不会令人惊讶。“美人的秋天是美丽的”（pulchrorum autumnus pulcher），只有体谅年轻人，认为年轻就是构成了美，这时年轻人才是美的。[①] 美就像夏天的水果，容易腐烂，难以持久。而且大抵说来，年轻人貌美则生活放荡，老年人貌美则有点难堪。不过还是无可否认的是，如果美落在值得拥有它的人的身上的话，那么美就会使德行闪光，使恶行羞愧。

① 也就是说，年轻人可能有面色和长相之美，但他们在优雅举止上的欠缺也须得到原谅，除非年轻本身被看作举止不优雅的一个借口。

论残疾

残疾人通常是与自然力扯平了的，须知既然自然力是通过他们而做出了伤害，那么他们也就通过自然力做出了伤害，因为大抵而言（如《圣经》所说），他们“缺乏自然的感情”，他们就是这样对自然力进行了报复。无可否认，在肉体和精神之间有着一种一致之处，而且“自然力若是在一个方面出了差错，就会在另一个方面冒风险”（Ubi peccat in uno，periclitatur in altero.）。但是由于人在精神状态上有一种选择能力，并且对体格有一种自然的需要，所以那些决定气质的星宿，有时就被纪律和德行的太阳所遮蔽了。因而最好不是把残疾看作一种迹象，迹象是靠不住的。而是应把它看作一种原因，而既有原因也就很少没有结果。凡是在身上有任何导致别人轻蔑之处的人，在他本人的身上也有一种恒久的刺激，要把他从轻蔑中拯救和解脱出来。因而，所有的残疾人都是极其勇敢的——最初，这是为了自我保护，因为他们容易遭受轻蔑。但随着时间的推移，这种勇敢就成了普通的习惯。它还在他们身上激发起勤奋，尤其是这样一种勤奋，那就是注视和观察别人的弱点，以便使他们可以有用以报复的东西。再则，在他们上级的心中，它还熄灭了对他们的妒忌，因为他们的上级认为，他们是自己可以随意藐视的人，而且它使得他们的对手和竞争者缺乏警惕性，那些人一直到看见他们得到提升之时，方才相信原来他们也有提升的可能。所以总的看来，在才智非凡的人身上，残疾是有助于崭露头角的有利条件。

在古时候（以及当前在某些国家），君主们往往非常信任宦官，因为对所有的人都嫉妒的人，对一个人却是唯命是从，恪尽职守。可是君主对他们的信任，更是像对有本事的密探和有本事的造谣生事者的信任，而不是对有本事的文职官员和军官的信任。残疾人的情况大抵如此。不过基本的原则依然是，如果他们有勇气的话，他们就会设法使自己摆脱轻蔑，而摆脱轻蔑的办法，则必然不是通过美德就是通过怨恨。因此残疾人有时竟是非凡的人才，也就不足为怪。这样的人有阿格西劳斯、苏莱曼的儿子赞格[①]、伊索[②]、

① 苏莱曼（Solyman，1494—1566），即苏莱曼一世奥斯曼帝国苏丹，在位时对外进行战争，扩张领土，对内改革行政制度，颁布法律，使奥斯曼帝国达到鼎盛时代。他的儿子赞格（Zanger）被称为弯腰曲背的赞格。

② 伊索（Aesop），约前6世纪古希腊寓言作家，相传原为奴隶，善讲寓言故事，讽刺权贵，经后人汇编成为现在流传的《伊索寓言》。据说他身有残疾且相貌丑陋，不过此说并不可靠。

秘鲁总督加斯喀[①]、苏格拉底[②]以及别的人，也可算在这样的人之内。

① 加斯喀（Pedro de la Gasca，卒于1567年），原是西班牙传教士，四肢长于常人，在秘鲁镇压了西班牙殖民者皮萨罗（Pizzaro，1478—1541）的反叛。

② 苏格拉底相貌丑陋，但不是残疾人。

论建筑

造房子为的是在里面居住，而不是为了观看。因而除非二者兼得，否则适用就应优先于千篇一律。如果单是为了美观，那就把房屋的漂亮的建筑风格留给诗人的魔宫好了，因为诗人建筑魔宫是不费什么钱的。在一个不佳的地点建了一座漂亮的房子，也就是把自己送进了监狱。而且我认为，所谓地点不佳，并不仅仅指空气不卫生，而且也指空气不稳定，因为你一定会看到，有许多漂亮的别墅是建在小山顶上，四周高山环抱，这样一来太阳的热被关闭了进去，而且风就好像是在排水沟里增强了力量似的。结果就会有了热与寒的巨大差异，而且是突然之间便有了热与寒的巨大差异，就好像你是住在不同的地方似的。而且也不仅是不佳的空气形成一个不佳的地点，而且不好的道路、不好的市场也形成不佳的地点，而且如果你请教莫摩斯[①]的话，不佳的邻居也

① 莫摩斯（Momus），希腊神话中的嘲弄与非难指摘之神。他曾批评智慧女神雅典娜的房子，因为那栋房子没有轮子，不能把它运送到离开坏邻居的地方。

形成不佳的地点。我不想再多说了：缺水；缺少树木、阴凉处和遮盖处；缺少累累的果实，以及不同性质的土壤的混杂；缺少景色；缺少平地；缺少在附近就可打猎、放鹰、跑马之地；离海边过近或者过远；或者有可通航的河流之便利，或者有河水泛滥之麻烦；或者离大城市太远，这会妨碍工作，或者离大城市太近，大城市把供应品都给收购过去了，从而使得物价昂贵；或者可以生活豪华，或者供应不足。所有这一切，由于不可能发现它们全都是在一个地方，所以有益的做法就是，了解这些事情，考虑这些事情，以便尽可能多地取其所长。而且如果有几个住处的话，就可做出这样的选择，使一处的欠缺可在另一处得到弥补。卢卡拉斯[①]对庞培做出了精彩的回答。庞培在卢卡拉斯的一处住宅里看见，那儿的柱廊壮观，房间巨大而又明亮，于是说道："这无疑是消夏的好地方，可是你冬天怎么办？"卢卡拉斯答道："哟，难道你以为我还不如有些鸟聪明吗？它们到冬天的时候总是要迁居的。"

在从地点说到房子本身的时候，我们不妨以西塞罗对演说家的艺术所做的论述为榜样。西塞罗写了几本题为《论演说家》（*De Oratore*）的书，又写了一本题为《演说家》（*Orator*）的书，前者讲的是演说术的原理，后者讲的是对这些原理的应用的实例。因而

① 卢卡拉斯（Lucullus，约前110—前56），古罗马大将，曾任财务官、行政长官等，以宅第、宴饮奢华著称。

我们将描述一个豪华的宫殿，把它用作一个简明的模型。因为在今天的欧洲，尽管有像梵蒂冈宫和西班牙王宫以及某些别的王宫那样宏伟的建筑，但它们当中却几乎没有一个非常好的房间，这是一个奇怪的景象。

因而，我以为，首先，若要有一座完美的宫殿，就非得有两个隔开的部分不可：一个部分是用于设宴，这一点在《以斯帖记》[①]一书中已经谈到了；一个部分用于住家。即一个部分用于举办宴会和演出活动，另一部分用于住人。我以为，这两个部分都应该不仅是在两翼，而且也在前面的一些地方。尽管里面分成几个部分，但外表却要一致。前面的中央有一个高大庄严的塔楼，这两个部分位于塔楼的两侧，塔楼就好像用两只手把它们连接起来似的。在宴会厅的一侧，在正房，要有一个相当大的房间，约四十英尺高。下面有一个房间，用于梳妆，或者在演出时用作化妆室。在另外一侧，也就是居家的一侧，我以为最好是首先就分出一个大厅和一个小教堂来（大厅和小教堂隔墙分开），二者均足够壮观和宽大。大厅和小教堂不应占据所有的空间，而应在尽头有一个夏天的客厅和一个冬天的客厅，并且都要美观。在这些房间的下面，要有一个大而美观的地窖筑于地下。同样还要有一些小厨房，以及酒类及食品贮藏室、餐具室，等等。至于位于中央的那座塔楼，应分为两层，每一

① 《以斯帖记》是《圣经·旧约》中的一卷。

层十八英尺高，高于两翼的房子。上面应用质量好的铅皮做楼顶，周围设有栏杆，并有雕像置于其间。这同一个塔楼也应按照需要分成若干个房间。楼梯同样要通向楼上的房间，楼梯应建在好看的敞开式拐弯角柱上，用木雕雅致地围绕起来，木雕漆成黄铜色。顶上应有一个非常漂亮的楼梯平台。但这样做的前提是，你并不把楼下的任何房间用作仆人的餐厅。否则的话，你就须让仆人们在你吃完饭以后再吃。因为他们吃饭的那股烟气就会像从烟囱里升起一般。有关前面的建筑就讲这么多。不过我以为，第一层楼梯的高度应是十六英尺，那也是楼下房间的高度。

在这个前部建筑的外面应有一个漂亮的庭院，不过在庭院的三个边，应有远远低于前部建筑的房子。而且在庭院的四个角，都要有好看的楼梯，楼梯安置在位于外面的角楼的里面，而不是在那排房子的里面。不过这些角楼不可与前部的建筑一样高，而应与那些低房子相称。庭院不应铺以砖石，因为这会使夏天太热，冬天太寒。唯有四边人走的小路和院中的交叉路，才可铺以砖石，其余的部分应铺上草皮，草皮应该经常修剪，但不可剪得过短。在宴会厅的一侧的那一排厢房，应该都是豪华的陈列室。上面应有三五个漂亮的穹顶，位于距离相等的地点，并应有各种图样的雅致的彩色窗户。在住家的一侧，应有会客室和娱乐室以及若干卧室，而且在这三个边的房子应全都是双层，并应使阳光不能从房子的一侧晒到另一侧，这样你就不论上午还是下午都有避开阳光的房间。还要设计得有夏天用的房间和冬天用的房间。要夏天多荫，冬天温暖。有时候你一定会看到，有些漂亮的房子满是玻璃窗，结果人都不知道该往哪儿走，才可避开日晒或者寒冷。至于凸窗，我认为是很有用的（在城市里，为了使临街的一面取得一致，垂直的窗子的确要好一些），因为凸窗是进行商谈的非常幽静的地方。除此之外，凸窗还既能避风又能避开阳光，因为几乎会贯穿房间的风或者阳光却难以通过这种窗子。不过凸窗数量应该少，在庭院的房子那儿有四个，而且只能在两侧。

过了这个庭院，还应该有一个面积同样大、房子同样高的内院。它的四周应全都是花园，在内院的里面，四周应全都是回廊，回廊筑在高雅而又美观的拱门上，与二层楼一样高。在底层，面朝花园的地方，那些房间应建成一种洞室的样子，或者说是多荫之处，或者说是消夏的地方。那些房间的门窗都应只通向花园，应建在平地之上，而决不要建在地下，以避开一切潮湿之气。在这个庭院的中央，应有一个喷泉，或者某个优美的雕塑，而且它的地面铺设应与前述的庭院一样。院中的房子，在两侧的应用作私人寝室，在底端的应用作私人的陈列室。你必须预见到，在那些房间中，有一间应用作医务室，同时又有单人套间、卧室、候见室和休息室与之相连，以备君主或者任何特殊的人物生病之需，这应在二层上。在底层上，则应有一个雅致的走廊，它是敞开式的、有柱子的走廊。同样在三层上，也应有敞开式的、有柱子的走廊，以领略花园的景致和新鲜空气。在远端的两个角落，应该有两个厢房式的雅致或者华丽的私人套间，地面应铺得高雅，墙上装饰华丽，装配着清澈透明的玻璃，中间是一个华丽的穹顶，此外还有一切可以想到的高雅的东西。在上面那一层的走廊上，如果有地方的话，我希望也会有一些人造喷泉从墙上的不同地方流出，并有一些良好的排水装置。有关宫殿的这个模型就说这一些，只不过在来到前面的建筑以前，先要有三个庭院：第一个是长着绿草的院子，院子应朴素，四面有围墙。第二个院子和第一个一样，不过要多装饰一些，墙上应有小角楼，更精确地说是点缀品。第三个庭院应与前面的建筑形成一个正方形，但周围不要建有房舍，也不要用光秃秃的墙围绕，而是在三面以露台围绕，露台上面为铅皮顶，并且要装饰美观。庭院内设有回廊，回廊用柱子而不是拱门支撑。至于办公的地点，它们应在远处，并以低矮的走廊连接，可使人从办公地点来到宫殿本身。

论园艺

全能的神是园艺的创始者[①]。花园确实给人类带来最纯洁的欢乐。它使人在精神上得到最大的活力恢复，若没有花园，则建筑和宫殿也就只不过是粗俗的手工制品而已。而且人一定总是会看到，在进展到文明而又高雅的时代之时，人们也就先建造壮观的建筑，然后再建造美丽的花园，好像园艺是更大的完美一般。我认为，在皇家花园的安排中，应该有适用于一年的所有月份的花园。在这样的花园里每一个月都会有几种当令的美丽花木。为了十二月、一月和十一月的后半月，你必须种植整个冬天都绿的东西：冬青、常春藤、月桂、杜松、柏树、紫杉、松树、冷杉、迷迭香、薰衣草、白色和紫色以及蓝色的长春花、石蚕属植物、菖蒲、柑橘树、柠檬树，还有桃金娘，桃金娘应在温室之中，以及墨角兰，墨角兰应种植在既有阳光又不遭受风吹雨打的地方。接下来，为了一月的后半

① 《旧约·创世记》第2章第8节说："神在东方的伊甸立了一个园子。"

月以及二月，你必须种植瑞香树，瑞香树到那时就开花了，还有春番红花，既要有黄色的也要有灰色的春番红花，还有报春花、银莲花、早开的郁金香、普通的风信子、小鸢尾、带有杂色花朵的百合。到了三月，则有堇菜，尤其是纯蓝色的那一种，它开花最早，还有黄水仙、雏菊、正在开花的杏树、正在开花的桃树、正在开花的山茱萸树、多花蔷薇。在四月，接下来有双瓣的白色堇菜花、桂竹香、香紫罗兰、药用樱草、鸢尾花、各种各样的百合花、迷迭香花、郁金香、双瓣的牡丹、淡色水仙、法国忍冬、正在开花的樱桃树、正在开花的李子树、抽叶的山楂树、丁香树。在五月和六月，有各种各样的石竹，尤其是娇羞石竹；各种各样的玫瑰，但麝香玫瑰不在此之列，它开花要晚一些；还有忍冬、草莓、狼紫草、耧斗菜、法国万寿菊、非洲万寿菊、结果实的樱桃树、醋栗、结果实的无花果树、覆盆子、葡萄花、开花的薰衣草、开白花的香兰、有麝香气味的百合草、铃兰、开花的苹果树。七月有各种各样的紫罗兰、麝香玫瑰、开花的酸橙树、早熟的梨和结果实的李子树、两种早熟的苹果。在八月，各种各样的李子树结出了果实，还有梨、杏、伏牛花、榛子、甜瓜、各种色彩的舟形乌头。在九月，有葡萄、苹果、各种颜色的罂粟花、桃子、大个的桃子、皮光滑的桃子、山茱萸、冬梨。在十月和十一月初，则有棠棣、欧楂、圆叶葡萄、插枝或者移植使之晚开的玫瑰、蜀葵，以及诸如此类的植物。这些特定的花木适合于伦敦的气候，不过我的意思是显而易见的，即你可以因地制宜，而拥有一个永恒的春天（ver perpetuum）。

由于鲜花的气息在空气中（在空气中，鲜花的气息的流动，就像优美的音乐的流动一样），比在手中要芬芳得多，因而若是知道最能给空气带来芬芳的花木是什么，也就最能获得呼吸到花香的快乐。淡红色的玫瑰和大红色的玫瑰，是不散发香气的花，所以你可以从整排的玫瑰旁边走过，却又闻不到它们的一点香气，甚至在清晨的露水中也是如此。月桂在成长的时候同样也不散发出香气。迷迭香散发的香气很少，墨角兰散发的香气也很少。在空气中散发出最多香气的，当属堇菜，尤其是白色双瓣的堇菜，它一年开两次，一次是约在四月中，一次是在圣巴托罗缪节[1]前后。其次就是麝香玫瑰。再就是将要落叶的草莓叶子，它散发出一种最爽心的香气。再就是葡萄的花，它是一种小粉花，就像苇草的小粉花一样，是在葡萄刚开始结穗的时候开的。然后是多花蔷薇，然后是桂竹香。桂竹香如果摆在客厅或者楼下房间的窗子上，是非常令人赏心悦目的。然后是石竹和紫罗兰，尤其是丛生的石竹和麝香石竹。然后是酸橙树的花。然后是杜鹃花，只要它多少离开一些就好。有关蚕豆花我就不说了，因为蚕豆是农作物。但有三种花能给空气带来最令人愉快的香气，而且又不像别的花那样只供人观赏，而是可让人行走和践踏于其上，它们是：小地榆、野百里香、水生薄荷。因而你应把

① 圣巴托罗缪节（Bartholomew-tide），在每年8月24日。

它们种在整条的小径上，这样的话你散步的时候便可享受到那种愉快。

至于花园（这儿说的其实是皇家花园，正如在《论建筑》时，我们说的是皇家的建筑一样），其面积应不少于三十英亩；并应分为三个部分：一进园门的地方是一块绿地，出口处是一块灌木地或者荒地，主花园则居中，两侧有小径。最好是有四英亩用作绿地，六英亩用作灌木地，两个侧面各占四英亩，主花园则占十二英亩。绿地在两个方面给人以愉快：其一，最为悦目的，莫过于修剪得整齐的绿色草地了；其二，绿地中间有漂亮的小径，你从小径上走，便可来到围绕着花园的壮观的矮树树篱。但是由于小径不免稍长，而且在一年或者一天很热的时候你又不应为了来到花园的阴凉处，而付出在阳光下从绿地当中走过的代价；所以你应在绿地的两边，各布置一条有覆盖物的小路，覆盖物由木工做成，约十二英尺高，这样你就可在阴凉中走进花园。至于用各种颜色的泥土筑成的花坛或者图案，可以把它们摆在邻近花园那一侧的房子窗子的下面，那只不过是一些小摆设。你在果馅饼里经常可以看到同样的景致。花园最好是四方形，四边全都用壮观的带拱门的树篱环绕。拱门应建在木质的柱子上，约十英尺高，六英尺宽，而且拱门之间的距离应该和拱门的宽度一样。在这些拱门之上，应该有一整个树篱，树篱约四英尺高，其构架也应是木质的。在上一层树篱的上面，在每个拱门的上方，应有一个小小的角楼，角楼有一个肚状突出部分，能容下一个鸟笼。在拱门之间的每一个间隔，都应有个小小的雕像，雕像应镀金，并覆盖以宽大的彩色玻璃板，好让阳光在上面嬉戏。但我的打算是，这个树篱应该建在斜坡上，斜坡不应陡峭，而是应有徐缓的坡度，约六英尺高，并都种上花。我还认为，这个四方形的花园不应占据整个地面，而应在两边留出足够的地方，建成各种各样的旁边的小径，那两条有覆盖物的绿地小路可以把你带到这些旁边的小径来。但是在这个大的场地的两端，不应有带有树篱的小径。在近端不应有，因为那样会阻碍你的视线，使你从前面的绿地上望过来时看不见这个美丽的树篱。在远端也不应有，因为那样会阻碍你的视线，使你从树篱的拱门望过去时，看不见那些灌木。

至于大树篱之内的园地的布置，可以有各种各样的设计。不过我的忠告是，不管你把它布置成什么形状，首先就是不可使它过于杂乱或者满是物品。就我而言，我就不喜欢在杜松或者别的园中树木上刻出的雕像：那些东西是给孩子看的。小而低矮的树篱，圆形的，就像狭长花坛一样，加一些漂亮的修剪成角锥形的树，我是很喜欢的。而且在某些地方，建在木质构架上的漂亮圆柱，我也很喜欢。我也想让那些小径宽敞漂亮。在两边的小径可以窄一些，但在主花园里的小径不可狭窄。我还希望，在正中央，有一座漂亮的小山，小山有三个上山路以及过道，其宽度足以容四个人并排攀登；上山的路应是环绕小山，路上不要有支柱或者隆起物；整个小山应是三十英尺高；还应有一个好看的宴会厅，其烟囱应样子好看，窗子上的玻璃不要太多。

至于喷泉，喷泉非常美丽且令人身心爽快，但水塘则使一切减色，使得花园不卫生，满是苍蝇和青蛙。我以为喷泉在性质上应是两种：一是应喷水或者冒水；一是应有悦目的盛水的水池，三十英尺或者四十英尺见方，但池中应没有鱼，或者黏土，或者淤泥。就第一种性质而言，用镀金的或者大理石的雕像来装饰，效果很好。不过主要的问题却是，应使水流动，不可停滞在圆池或者水塘里，不可使水变色、变绿或者变红等，也不可聚集苔藓或者腐烂物。除此之外，还应每天用手工清理。还应有台阶通往喷泉，周围若有舒适的路面，效果就好。至于另一种喷泉，我们可以把它称为浴泉，它可以构思奇特而美丽，我们是不必费心细说的。比如，底部铺设得好看，并且带有雕像，四周也同样如此，且又用彩色玻璃和类似的有光泽的东西美化，再用带有矮雕像的精美栏杆环绕。但主要的一点，与我们在前一种喷泉中所提及的一样：那就是，应使水总是在流动，由高于水池处供水，由美观的喷口喷进水池，然后从地下流走，那是通过距离相等的水孔泻出，使水不停滞下来。至于那些巧妙的设计，使水流呈拱形而又不外溢，或者使水以各种样子升起（如羽毛、酒杯、华盖等），它们看起来漂亮，但于养生和愉心是不起什么作用的。

至于灌木，那是我们的计划中的第三部分，我希望，它的构架能尽可能地带有一种自然的野性。我宁可里面一棵树也没有，而是有一些灌木丛，灌木丛只是由多花蔷薇和忍冬构成，其中杂以一些野葡萄，地上则植以堇菜、草莓和报春花。因为这些植物气味芬芳，而且在阴凉处生长茂盛。而且这些植物应分布在灌木丛的各处，不要有什么次序。我还喜欢有一些小土堆，像鼹鼠丘的那一种（在荒野里的灌木丛中就有鼹鼠丘），有些小土堆上栽种野生的百里香，有些是栽种石竹，有些是栽种石蚕属植物，石蚕花是好看的花，有些是栽种长春花，有些是栽种堇菜，有些是栽种草莓，有些是栽种药用樱草，有些是栽种雏菊，有些是栽种红玫瑰，有些是栽种铃兰，有些是栽种红色的美国石竹，有些是栽种嚏根草，以及类似的不甚名贵但却芬芳而又好看的花草。在这些土堆中，有一部分在上面应有茎干挺直的小灌木竖立在那儿，另一部分则不必如此。茎干挺直的小灌木的种类应是玫瑰、杜松、冬青、伏牛花（不过由于其气味过浓，伏牛花只可零星分散栽种）、红醋栗、醋栗、迷迭香、月桂、多花蔷薇，等等。但这些茎干挺直的小灌木应该经常修剪，以使它们不致长得乱了章法。

至于位于两侧的地面，你应修起各种各样的小径，那是些幽僻的小径，有一些应能遮蔽阳光，不管阳光是从哪儿来。同样，有一些小径应有遮蔽物，这样一来在冷风刺骨的时候，你也可以如同走在走廊里一般。前一种遮阳的小径也应该在两端植有树篱，以把风挡在外面。而后一种避风的小径则必须总是很好地铺以砾石，而不要种草，因为地面会变得潮湿。在许多这些小径中，也要栽种上各种各样的果树，果树既可自成行列，又可沿墙排列。一般说来应注意到，你种植果树所占用的那些狭长地带，应该是相当宽大，而且地面低洼，而不是陡峭。里面应种些好花，不过花应种得稀疏有限，以免夺去树木的营养。在这两侧的地面的底端，最好是各有一个相当高的土墩，使人站在其上时围墙有胸部那么高，可以看见外面的田野。

至于主花园，我并不否认，里面应该有一些美观的小径，小径的两边植有果树，而且应该有一些漂亮的果树小树林，以及带有座位的凉亭，而且均安排得高雅。但是这些东西绝不可过密，而是应让主花园不闷人，空气应通畅无阻。因为就获得阴凉而言，我希望你能依赖于位于两侧的地面的小径，如果你有意的话，可以在一年或者一天最热的时候在那儿散步。不过却应考虑到，主花园是供一年中气候最温和的时候使用的；在炎热的夏天，主花园是供清晨和傍晚或者阴天使用的。

至于大型鸟舍，我并不喜欢它们，除非它们的面积大得可以铺得下草皮，并且可以栽种活的植物和灌木，这样一来，鸟儿就会有更大的空间和自然的营巢之地，而且大型鸟舍的地面也不会显得恶臭。

我这是已经规划出一个皇家花园来了，所用的方法一是讨论出规划，一是描绘出图样，这并不是一个模型，而是模型的轮廓，而且在这样做的时候，我没有谈到费用的问题。不过费用对王公大臣来说是不成问题的，他们多半是采用工匠的意见，以绝不低于我的规划的费用把各种东西安置在一起，有时还增加上雕塑，以及类似的东西，为的是显得富丽堂皇，但却与一个花园所能带来的真正愉快并没有什么关系。

论谈判

一般说来，在打交道的时候，交谈比写信好，由第三方斡旋比亲自处理好。一个人如果想收到一个由书信做出的答复，或者事后出示自己的书信便可为自己辩护，或者如果谈话被打断或者听得支离破碎就会带来危险，在这样的时候写信就有好处。如果一个人的面孔就引起尊敬（在下级面前通常就是这种情况），或者在微妙的局面中，此刻看见对方的表情就会使他知道还能说多少话。而且一般说来，一个人如果想保留否认或者说明的自由，在这些时候，亲自交涉就有好处。在选择交涉人的时候，选择天性老实的人，要好于选择狡诈的人。老实人肯照你的委托去办，并忠实地汇报结果，而狡诈的人则会设法从别人的事务中多少为自己捞取本钱，而且对事情的处理是为了在汇报时令委托人满意。也要使用那些喜欢自己所受雇的工作的人，因为这种喜欢会起到极大的促进作用。也要量才用人，例如用大胆的人去规劝，用说话彬彬有礼的人去说服，用机灵的人去打听和观察，用刚愎而又任性的人去处理经不起仔细检查的工作。也应使用那些运气好的，在你以前所雇用他们所从事的工作中曾获得成功的人，因为那会带来信心，而且他们也会努力维持他们的被认为是幸运的资格。

在与人打交道的时候，若要了解对方的意向，先迂回地进行探询，比一开始便落在正题上更有效，除非你是打算用某个唐突的问题令他措手不及。与意欲获得提升的人打交道，比与升迁无望的人打交道更有效。如果一个人和别人打交道时讲条件，那么谁先履行条件也就是问题的全部，这是因为，除非那件事情的本身性质需要如此，或者一个人能够说服对方，使对方相信将来在别的事件上我方还有需要他之处，或者让他认为我方是诚实可靠的，否则的话，一个人是不能合情合理地要求对方先履行条件的。一切聪明的交道的目的，就是了解人或者使用人。人们发现自己受到信任、充满激情、感到意外、无法避免之时，也就是他们需要把事情做成而又找不到恰当的借口的时候。如果你要影响任何人的话，你就必须或者了解他的天性和习惯，从而引导他；或者了解他的目的，从而说服他；或者了解他的弱点和不利之处，从而使他畏怯；或者了解那些对他有影响的人，从而控制他。在与狡诈的人打交道的时候，我们必须总是考虑到他们的目的，从而对他们的话做出阐释。对他们少说话，而且所说的话又系他们始料不及的，也是有好处的。在一切有难度的谈判中，不可指望能同时既播种又收获，而是必须对事情做出筹划，从而使之逐渐地成熟。

论随从和朋友

不可喜欢为之付出很高代价的随从，怕的是一个人在使自己的裙裾变长的时候，反而使自己的羽翼变短了。我认为，所谓代价很高者，并不仅仅指那些要用钱包来付费的人，而且也指那些令人厌烦、胡搅蛮缠提出请求的人。一般的随从所要求得到的条件，不应该超过看见赞同的表情、受到推荐和免于受到不公正的对待。更不可喜欢那些好结帮拉派的随从，他们之所以追随于后，并不是出于对自己所追随的人的感情，而是出于对某个别人所怀有的不满。因此我们经常在大人物之间所看到的那种不祥的误解，也就往往随之而产生。同样，好吹牛的随从，吹嘘他们所追随的人是如何赞赏自己，也就带来极大的麻烦，因为他们由于不会保密而破坏工作，同时从主人那儿带走的是荣誉，给主人带回的是嫉妒。还有一种随从，他们也同样危险，因为他们实际上就是间谍，他们打听家里的秘密，并把家里人的隐私传闻散布给别人。然而这样的人，却往往极受宠爱，因为他们过分殷勤，而且通常也交换隐私传闻。一个大人物的随从如果是某个阶层的人，他们与大人物本人所从事的职业相一致或者类似（例如参加过战争的人雇用武士为随从，以及诸如此类），那就一直被认为是件合适的事情，即使在君主国里也被视为合情合理，只要不是过于声势显赫或者过于笼络人心就可以了。但是最为体面的随从，却是因为认为主人打算使各种各样的人都能推进其才干和美德，而予以追随的。然而，如果随从在才能上并没有显著的区别的话，那么用能力说得过去的人，要好于用更有能力的人。除此之外，说实话，在可鄙的时代里，才高于德的人要比德高于才的人有用。确实，在政务上，最好是对同一地位的人平等使用，因为若是非同寻常地支持某些人，就会使他们气焰嚣张，而使别的人心生怨气。而这又是因为，别的人也会要求得到应有的权益。但在另一方面，在恩惠的给予上，对人有所侧重有所选择是有好处的，因为这使受宠的人更感恩戴德，同时又使别的人更加殷勤。而这又是因为，这些恩惠都是出自主人的体恤。[①]

对任何人，一开始都不要过于重用，这是一种有益的慎重，因为人们是不能按照比例把那种重用维持下去的。被一个人所支配（我们所谓的支配），是不安全的，因为这表现出了你的心肠软，并让丑闻和坏名声获得传播的自由，因为那些不会直接说别人的坏话的人，却会更大胆地说深得主人宠爱的人的坏话，结果也就伤害

① 也就是说，主人并没有义务非给予这些恩惠不可。

了主人的荣誉。然而被多个人搞得不知所措则更糟糕，因为这使人总是受到最后一个带来印象的人的影响，因而多变。接受少数几个朋友的忠告总是体面的，“因为旁观者往往比当局者看得更清楚，而山谷则最能把山显露出来”。古代作家每每高度赞扬或者夸张的那种友谊，世上很少见，在地位平等的人之间更是绝无仅有。世间的友谊，多是在上下级之间，因为他们的命运是可以休戚相关的。

论请托者

许多坏的事情和坏的计划被人们承担了下来，而私人的请托又确实使公众的利益腐烂掉。许多好的事情是由心术不正的人所承担的。我所指的，并不仅仅是头脑腐败的人，而且也是头脑狡诈的人，他们本来就不打算言而有信。有些人欣然接受了请托，却又从未打算有效地办理那些请托，但是当他们看到，这件事情通过某个别的手段可能会有生机时，他们就会满足于获得感谢，或者再次获得酬金，或者起码与此同时利用起诉者的希望。有些人抓住请托，只是为了有机会能与某个别人作对，或者是为了把某件事张扬出去，否则他们就无法有适当的借口。在达到这个目的以后，也就毫不在乎请托会有什么结果了，或者，一般说来，把别人的事情变成某个占据或者分散人们的思绪的东西，为的是谋一己之私利。不仅如此，有些人之所以承担请托，其全部目的就是让请托垮掉，为的是取悦于敌方或者对手。在每一个请托中，无疑可以说都有一种权利：或者是要求公平合理，这见于有关争议的请托；或者是要求公正对待功过，这见于图升迁的请托。如果在评判的时候，个人的好恶导致一个人偏爱错误的一方，那么他就应该用他的行为让双方通过互让来解决争执，而不是把事情做到尽头。如果个人的好恶导致一个人偏爱才干不出色者，那么他就应该做到并不诽谤或者贬低才干出色者。

在一个人并不是很了解的请托中，最好是请教某个可以信赖而又有判断力的朋友，那个朋友可以告诉他，他是否可以体面地办理那些请托。不过这种专家应选择好，以免被牵着鼻子走。请托者对拖延和欺骗非常厌恶，因而，坦诚待人也就变得不仅体面，而且也有礼，那就是，开始的时候拒绝办理该请托，在办理后报告结果的时候又不加夸张，而且所要求得到的感谢又不超过自己所应得的。在希望获得恩遇的请托中，谁先来请求应该是无关大局的，不过人家的信任却不可不考虑。那就是，假如人家告诉你一个消息，而这个消息又不能从别处获得，那就不应白白地利用这个消息，而是应让他采用别的途径去达到他的目的，并且在某些方面对他的透露消息做出酬谢。不知道请托的价值，就是头脑简单；不知道请托中的权利，就是缺乏觉悟。在请托中，保密是获得成功的一个重大的手段，因为在取得良好的进展的时候张扬出去，就会使某种请托者泄气，同时又使别的人获得刺激，警觉起来。不过掌握请托的时机，却是准则。所谓掌握时机，我的意思是说，不仅是涉及给予时机的那个人，而且也涉及那些有可能破坏时机的人。在选择替自己办请托之事的人的时候，最好是选择最合适的人，而不是最有本事的人；最好是选择专门办理某些事情的人，而不是包揽一切的人。在最初遭到拒绝以后，如果一个人既不沮丧又并非不满，那么经过再次请求而使自己的请托获得成功，其效果有时也就与初次请托便获得成功一样。如果一个人很是受宠，那么“要求得到超过应该得到的东西，为的是得到应该得到的东西”（**Iniquum petas，ut aequum feras**），也就是一条有用的规则。否则的话，一个人最好还是先提出很小的要求，然后再逐渐提高他的要求。因为如果有人初次有求于我们，我们也许会拒绝他，但如果那个人原本对我们有好感，那么为了既不失去他这个人，又不失去他以前对我们的好感，最终我们就不会拒绝他。请大人物写一封推荐信，被认为是再容易不过的请求了。然而，如果原因不充分，写此信就很有碍于他的声誉。没有比这些替人奔走、包揽请托的人更恶劣的了，因为他们只不过是一种妨碍公务的毒药和传染病而已。

论学业

读书为学，为的是获得快乐，增添光彩，获得才能。获得快乐，最见于独处和隐居之时；增添光彩，最见于高谈阔论之时；获得才能，最见于对工作进行判断和处理之时。这是因为，在日常事务上有经验的人，对于个别情况能够一个又一个地进行处理，而且也许能够做出判断。但做出总体上的判断，以及对事务做出筹划和安排，其最佳者则非那些有学问的人莫属。在学习上花费太多的时间，是延误；把学问过多地用于增添光彩，是矫情；完全按照书本上的规则来进行判断，则是学者的怪癖。学习改善天性，经验又改善学习，因为天生的才能就像自然界的植物，需要由学习来修剪，而学问本身，若没有被经验所约束，则所给予的指示就未免过于笼统。机灵的人蔑视学问，纯朴的人羡慕学问，而聪明的人则使用学问。这是因为，学问并不教人怎样使用学问，对学问的使用，乃是一种在学问之外又高于学问的智慧，是一种通过观察而获得的智慧。读书的目的，并不是为了提出相反意见和进行驳斥，也不是为了尽信书中所言，将其视为理所当然，也不是为了找到谈资和交谈能力，而是为了在心中进行衡量和斟酌。

书有可浅尝者，有可吞食者，而为数甚少的某几本书则须咀嚼消化。也就是说，有些书无须全读；有些书在读的时候，不必全神贯注；而为数甚少的某几本书则须全读，而且是勤奋地、专心地读。有些书可以请人代读，请别人代做摘要，不过这种方法应该只适用于那些内容不重要、档次并不高的书。否则书经过做摘要，也就像一般的经过蒸馏而净化了的水一样，成了淡而无味的东西。

阅读使人充实，讨论使人敏捷，写作使人精确。所以，一个人如果写得少，他就须有极强的记忆力；如果讨论少，他就须有一个灵敏的头脑；如果读书少，他就须非常巧妙，可以不懂而装懂。史鉴使人明智，诗歌使人灵秀，数学使人缜密，自然哲学[①]使人深刻，伦理学使人庄重，逻辑和修辞之学使人善辩。“凡有所学，皆成性格。”（Abeunt studia in mores.）不仅如此，在才智上的任何障碍或者妨碍，无不可以通过适宜的学习来排除，就像身体上的疾病，可以有适宜的运动一样。保龄球有益于膀胱和肾脏，射箭有益于胸肺，慢步有益于肠胃，骑马有益于头脑，以及诸如此类。所以，如果一个人精力不集中，那就让他研究数学，因为在演算的时候，他只要一走神，就必须重新开始。如果他的头脑不善于做出分辨或者

① 自然哲学（natural philosophy），旧时用以指自然科学，尤指物理学。

发现异同，那就让他研究经院哲学，因为经院哲学家们是“分切茴香籽的人”（cymini sectores）[①]。如果他不善于对事件进行调查，以一件事来证明或者阐释另一件事，那就让他研究律师的讼案。如此看来，头脑中的每一种缺陷，都可以有一个独特的药方。

① 当然这里是直译，所谓“分切茴香籽的人”，也就是做不必要的过细区分的人。

论礼貌和尊重[1]

单是为了名副其实，人也需要有极大的美德才华：就像宝石一样，宝石如果不需要用衬箔来陪衬的话，也就必须本身具有极大的价值。不过一个人如果很留心的话，就会看到，获得人们的赞扬和称许就像赚钱获利一样，因为常言说得好，“小利可以生大财”。而这又是因为，小利是接二连三地前来，而大利只是偶尔来之。所以确实，小节就可赢得大的称许，因为小节是不断地展现出来，并不住地被人们所注意，而展现出大德的机会，则只是出现在节日之中[2]。所以有

---

① 培根习惯于用两个词来表达同一个概念，本文的题目便是一例。原文是of Ceremonies and Respects，其中 Ceremonies意为 very polite behaviour，也就是礼貌；Respects，“万人丛书”版的注释给了三个定义，分别是 regard for persons：对人的尊重，personal considerations：体谅人，punctilious observations：谦恭有礼，这三个定义均是礼貌的同义词。所谓论礼貌和尊重，也就是论礼貌。

② 当然，这是比喻。出现在节日之中，也就是难得出现。

礼貌，也就极大地提高人的声誉，并且（如伊莎贝拉女王[①]所言），“就像持续不断地拥有了推荐信一样”。若要有礼貌，只要不蔑视礼貌也就几乎足够了，因为一个人一定会在别人的身上观察到礼貌的。至于其他方面，他则应该相信自己。因为如果他花费太大的气力去把礼貌表现出来，他就一定会失去礼貌的光彩，须知礼貌的光彩应该是自然的，不矫情的。有些人的举止就像诗句一样，其中的每一个音节都是讲究韵律的：一个人的头脑若是过于注重小事，他又怎能领悟大事呢？根本不讲礼貌，就是告诉别人不要回报以礼貌，并从而减少对自己的尊重。在与陌生人打交道和正式场合，尤其不可不讲礼貌。但是把礼貌强调得和推崇得比月亮还高，也就不仅是令人生厌的，而且也减少对那个强调推崇者的信赖和信任。而且无可否认，在表示祝贺的时候，是可以表达得既有效而又给人以深刻印象的，如果一个人能够找到那种表达方式，那就格外有用。

在同辈当中，人家必然会随便待之，因而矜持一点是有益的。在下级当中，必然会受到尊敬，因而随便一点是有益的。如果在任何事情上都太不像话，并因而使得别人厌腻，也就是自轻自贱。使自己适应于他人，只要能够表明，这样做是出于对他人的尊重而不是由于性格驯服，那就是有益的。一般说来，一个有益的行为准则

① 伊莎贝拉（Isabella，1451—1504），被称为“天主教徒”，是卡斯蒂利亚王国女王和阿拉贡王国女王，与其夫阿拉贡国王费迪南德实行联合统治，为统一西班牙奠定基础，曾赞助哥伦布航海探险。

就是，在赞同别人的话的同时又增加上自己的某些东西。例如，如果你同意他的意见，那就应在表示同意的时候加以区分；如果你对他的动议表示附议，那么在附议的时候应带有条件；如果你赞成他的忠告，那么在赞成的时候应提出进一步的理由。人们需要小心，不可把表示祝贺的话语说得绝对，因为尽管他们在别的方面可能会是多么合格，但对他们嫉妒的人也一定会给他们加上好恭维的恶名，从而损害他们的主要的德行。在工作中过于多礼或者过于仔细观察时机，也会失败。所罗门说："凡是考虑到风的人，就一定不会播种；凡是注意到云的人，就一定不会收割。"聪明人会创造出多于他所发现的机会。人们的举止应该像他们的衣服，不可太紧身或者过于整饬，而是应该宽松一些，以利于活动或者运动。

论赞扬

赞扬是对美德的反映，但又好像是由玻璃或者物体反射出影像一样。如果赞扬是来自平民百姓，那么赞扬通常也就是虚假的和无价值的，所赞扬的就是徒有虚名的人，而不是道德高尚的人。这是因为，平民百姓并不懂得许多优秀的美德。最低等的美德从他们那儿取得赞扬；中等的美德在他们当中带来惊奇和羡慕；但最高等的美德，他们就根本意识不到或者感知不到了。只有假象，以及“类似于美德的表象”（species virtutibus similes），对他们才最起作用。无可否认，名声就像一条河，它让轻的东西漂浮起来，而把沉重坚实的东西淹没。不过如果上等人和有判断力的人意见一致的话，那么（就如《圣经》所言），“好的名声就像芬芳的油膏”（nomen bonum instar unguenti fragrantis），它的芳香充溢了四周，不会轻易消失。因为油膏的香味，比花的香味更持久。

在赞扬中有许多虚假之处，人们可以理由充分地予以怀疑。有些赞扬仅仅是出自阿谀奉承，如果他是一般的阿谀奉承者，那么他就会有一些阿谀奉承的套话，可以用于每一个人；如果他是奸诈的阿谀奉承者，他就会仿效那位大阿谀奉承者，也就是人的自我，即一个人认为自己在某一方面最为优秀，阿谀奉承者就在那个方面最认可他；但如果他是厚颜无耻的阿谀奉承者，他就会把一个人自己意识到最有缺陷的、最感到耻辱的地方找出来，而无视对方的自觉（spreta conscientia），硬说那是他的长处。有些赞扬系出于良好的愿望和尊重，这是一种出于对君主和大人物的礼貌而应有的形式，也就是“寓教诲于赞扬之中”（laudando praecipere），在告诉人们他们如何的时候，所表述的实际上是他们应该如何。有些人受到恶意的赞扬，意在使他们受到伤害，由此也就激起了人们对他们的怨恨和嫉妒。“最凶险的敌人，就是对你予以赞扬的敌人。”（pessimum genus inimicorum laudantium.）所以，就像我们说“凡是说谎的人，舌头上就会长水疱”一样，在希腊人当中有句谚语：“凡是因受到赞扬而受到伤害的人，鼻子上应该长脓包。”无可否认，适度的赞扬是在合适的场合做出的赞扬，而并非可用在许多人身上的赞扬，就是有益的赞扬。所罗门说：“清晨起来，大声给朋友祝福的，就算是诅咒他。”[①]于人于事过于夸大，便会激起反驳，并引起嫉妒和嘲笑。自我赞扬，若不是在罕见的情况中便不会体面，但是赞扬自己的职务或者职业，则可以不失为通情达理和心

① 语见《旧约·箴言》第27章第14节。

地善良。罗马的红衣主教，由于他们是神学家、托钵修会修士、经院哲学家，所以他们对世俗的事务有一个显著的鄙视而又轻蔑的说法：他们把一切世俗的事务，包括战争、外交、司法以及别的职业，都称为“sbirrerie”，意即“行政司法长官代理人的职业”（undersheriffries），好像那些只不过是由行政司法长官代理人和市政官副手来办理的事务似的，尽管那些行政司法长官代理人往往比他们的高深莫测的思辨更有用。圣保罗在炫耀自己的时候，经常夹杂着一句，“我说句愚妄的话”[①]，但是在谈到他的职业时，他却说：“我要敬重我的职分。”（Magnificabo apostolatum meum.）[②]

---

① 见《新约·哥林多后书》第11章第21、23节。

② 见《新约·罗马书》第11章第13节。

论虚荣

“苍蝇坐在战车轮子的轮轴上说：‘我扬起了多少尘土啊！’”这是伊索的一个绝妙的想象。某些爱虚荣的人也是如此，任何东西，不论是自己运行，还是通过别的手段运行，只要他们有那么一点儿参与，他们就以为那是他们携带着运行的。凡是喜欢自吹自擂的人，必定是好结党营私的，因为一切炫耀都是依赖于比较。他们一定是狂热的，那是为了证明他们的大话。他们也不能保密，因而不起作用，而是如同那句法国谚语所言：“名声大，成果小。”（Beaucoup de bruit，peu de fruit.）然而无可否认，在民政事务中这种本领是有用处的。每当需要为大德或者大才制造舆论和声势的时候，这些人就是出色的吹鼓手。而且，如提图斯·李维有关安条克[1]

① 安条克（Antiochus Ⅲ，前242—前187），即安条克三世，亦称安条克大帝。他是古叙利亚国王，加强和扩张了塞琉西王国，但于前190年被罗马人击败，割让了小亚细亚的大部分领土。

和埃托利亚人[①]的事例所指出的，“对双方分别说谎有时是大有效果的”。例如，如果一个人在两个君主之间斡旋，引诱他们联合起来与第三方交战，那么他就在两位君主之间大肆吹嘘对方的兵力。又如，有时一个人在两个人之间进行交涉，他对双方都夸张他对对方的影响，结果是提高了自己的声望。在这些和类似的例子中，结果往往是使事情无中生有；因为谎言足以产生舆论，而舆论又导致实体的产生。

在军事统帅和军人身上，虚荣是一种不可或缺的品质，因为就像铁能把铁磨得锐利一样，自吹自擂也使彼此的勇气得到了增强。在需要付出费用和冒险的伟大的事业之中，把天性好说大话的人组合进去，也就给工作带来生气，而那些天性扎实持重的人，则更像是压舱物[②]而不是篷帆。在学术声望中，若没有某些进行卖弄的羽毛的话，则它的飞翔也会是缓慢的。“那些写论虚荣之毫无价值的专著的人，也让他们的名字出现在书名页上。”（Qui de contemnenda gloria libros scribunt，nomen suum inscribunt.）

苏格拉底、亚里士多德、盖仑[③]都是极其自我炫耀的人。无可

① 埃托利亚（Aetolia），位于古希腊中部的一个地区。前4世纪，埃托利亚的各个独立的部落组成埃托利亚联盟（Aetolian League），前2世纪，埃托利亚联盟与叙利亚国王安条克三世联合，与罗马人交战，于前189年被罗马人击败，埃托利亚联盟遂于前167年解体。

② 所谓压舱物（ballast），也就是稳定因素。

③ 盖仑（Galen，约129—200），古罗马医师、自然科学家和哲学家，从动物解剖推论人体结构，用亚里士多德的目的论阐述其功能。

否认，虚荣有助于使一个人的名声长存，而美德从来就是与其说是依赖于人性而扬名，毋宁说是间接地接受了它应得的荣誉。西塞罗、塞内加、小普林尼①，他们的名声若不是与他们自身的某种虚荣结合在一起的话，也不会如此经久不衰。虚荣就像清漆，它不仅使天花板光亮，而且也使天花板经久耐用。但是我所谈到的虚荣，并不是塔西佗认为系属于缪西阿努斯②的那种特性："他拥有一种使他所说和所做的一切均得到有利的展现的技巧。"（Omnium，quae dixerat feceratque，arte quadam ostentator.）因为那种特性并非出于虚荣，而是出于天生的高尚和谨慎。而且在某些人的身上，那种特性不仅是适宜的，而且也是得体的。因为道歉、让步以及有分寸的谦虚本身，只不过是炫耀的技巧而已。而在那些技巧当中，最出色的就是小普林尼所说的那一种，那就是在你本人所擅长的某个方面，慷慨地赞扬和称赞别人。因为普林尼说得巧妙："在称赞别人的时候，你是在公平地对待你自己，因为你所称赞的人，在你所称赞的那个方面，必然不是优于你便是劣于你。如果他劣于你，那么他既然值得称赞，你就更加值得称赞了；如果他优于你，那么他既然不值得称赞，你就更加不值得称赞了。"喜欢自吹自擂的人是明

① 小普林尼（Plinius Caecilius，61或62—约113），古罗马作家，曾任执政官，以其10卷描写罗马帝国社会生活和私人生活的信札著称。

② 缪西阿努斯（Mucianus），古希腊医生，生于131年。此缪西阿努斯与《论作伪与掩饰》中的缪西阿努斯并非同一人。

智的人的轻蔑对象，是愚蠢的人的羡慕对象，是食客的偶像，也是他们自己的大话的奴隶。

论荣誉与名声

荣誉的赢得，只不过是把一个人的美德和价值不加损失地揭示了出来。有些人在他们的行动中，追逐和追求荣誉与名声，这种人通常很为人们津津乐道，但没有多少人从内心里羡慕他们。而有些人则恰恰相反，他们掩盖自己的才德，使之不外露，结果在舆论上他们便受到过低的评价。如果一个人做出的事情，是以前从未被人尝试过的，或者是曾被人尝试过但又被放弃了的，或者是虽然曾被人做出过但又不是这么成功的，那么与他只不过是追随着别人而完成了一件更困难或者更有德行的事情相比，他就一定会赢得更大的荣誉。一个人如果这样来约束他的行动，使得在其中的某个行动中，令每一个派别或者人们的组合对他都感到满意，那么赞美他的声音也就更响亮了。不论采取任何行动，如果该行动的失败可能给他带来的耻辱，超过该行动的成功可能给他带来的荣誉，那么他就是不善于珍惜他的荣誉。在别的人受损害的情况下而获得的荣誉，就像钻石切成多面体一样，在它上面的倒影也就最为生动。所以一个人应该奋力胜过在荣誉上的任何竞争者，如果能够的话，用竞争者自己的弓射得比他们还远。谨慎的随从和仆人对名声大有好处。“一切名声都来自仆佣之人。”（Omnis fama a domesticis emanat.）嫉妒是荣誉的恶疽，而熄灭妒火的最好的办法就是表明自己的目的是追求功劳，而不是追求荣誉，并把自己的成功归因于天佑和幸运，而不是自己的才德或者计谋。

君主荣誉等级的真正次序如下：第一是开国之君（conditores imperiorum），例如罗穆卢斯①、居鲁士②、恺撒、奥斯曼③、伊斯迈尔④。第二是立法者（legislatores），他们也称为二次创业者，或者永久的统治者（perpetui principes），因为他们在死后仍能通过他们的法令进行统治，例如莱克格斯⑤、梭伦⑥、查士丁尼⑦、伊德加⑧，以及著有《七卷书》（*Siete Partidas*）的卡斯蒂利亚王英明的

---

① 罗穆卢斯（Romulus），罗马神话中的战神马耳斯之子。罗马城的创建者，“王政时代”的第一个国王。

② 居鲁士（Cyrus，约前600—前529），史称居鲁士大帝，波斯帝国阿契美尼德王朝的开国君主。

③ 奥斯曼（Ottoman，亦作Osman，1259—1326），史称奥斯曼一世，奥斯曼土耳其人首领，奥斯曼苏丹，奥斯曼帝国的创立者。

④ 伊斯迈尔（Ismael，1487—1524），即伊斯迈尔一世，波斯萨非王朝的创立者。参见《论美》的注释。

⑤ 莱克格斯（Lycurgus），传说前9世纪斯巴达的法典制定者。

⑥ 梭伦（Solon，约前638—约前559），古希腊雅典政治家、诗人，制定新法典。

⑦ 查士丁尼（Justinian，483—565），史称查士丁尼一世，拜占庭帝国皇帝，主持编纂《查士丁尼法典》。

⑧ 伊德加（Eadgar），10世纪时英格兰的立法者，绰号叫“安宁的伊德加”。

阿方索①。第三是解救者（liberatores）或者拯救者（salvatores）。他们或者是解决长期内战所带来的苦难，或者把自己的国家从异族或者暴君所带来的奴役中解救出来，例如奥古斯都·恺撒、韦斯巴芗、奥雷连②、狄奥多里克③、英格兰的亨利七世、法国的亨利四世。第四是帝国的扩疆拓土者或者保卫者（propagatores or propugna tores imperii），他们或者是在光荣的战争中扩充领土，或者是高尚地抵御入侵之敌。最后是国父（patres parriae），他们治国有道，在位时国泰民安。最后两种不需要举例，因为这样的君主数量甚多。

臣民荣誉的等级如下：第一是分忧者（participes curarum），君主倚仗他们来处理分量最重的国事，我们把他们称为君主的“右手”④。第二是军事领袖（duces belli），例如国君的副官，他们在战争中为国君立下了显赫的战功。第三是安守本分的亲信（gratiosi），他们既给君主带来慰藉，又不给人民带来伤害。第四是能臣（negotiis pares），他们位于君主之下，居高位且又胜任。

---

① 卡斯蒂利亚王阿方索（Alphonsus of Castile），13世纪的立法者。卡斯蒂利亚是西班牙中部和北部的一个地区，在10世纪时成为一个独立的王国，15世纪时与阿拉贡王国合并，组成西班牙国。阿方索的《七卷书》成为西班牙法学的基础。

② 奥雷连（Aurelianus，214—275），古罗马帝国皇帝，恢复罗马帝国的统一，征服叙利亚古城巴尔米拉（Palmyra），赢得“罗马帝国光复者”的称号。

③ 狄奥多里克（Theodoricus，约454—526），东哥特王国国王，征服意大利，登位后，维持和平统治33年。

④ 原文是 right hands，意即不可或缺的得力助手。

还有一种荣誉，同样可以位列最伟大的荣誉之中，这种荣誉是罕见的，那就是，为了国家而捐躯或者使自己遭受危险，马可·雷古卢斯[1]和德西乌斯父子[2]就是如此。

① 马可·雷古卢斯（Marcus Regulus，？—前250），古罗马将军、执政官，第一次布匿战争中被迦太基人生俘，后被假释遣返罗马议和，他又劝告元老院拒绝接受敌方条件，回迦太基后被折磨致死。

② 德西乌斯（Decius，201—251），古罗马帝国皇帝，与其子同在抗击哥特人入侵时阵亡。

论司法

法官们应该记住，他们的职责是jus dicere，而不是jus dare，也就是说，是解释法律的，而不是制造法律或者创立法律的。否则的话，那就会像罗马教会声称拥有的那种权威一样。罗马教会以阐述《圣经》为借口，肆无忌惮地加以添改，把他们在《圣经》中并没有找到的东西硬是宣告出来，展示的是古董，推行的却是新奇的东西。法官们与其说是聪明，不如说是有学问；与其说是应该受到称赞，不如说是应该受到尊敬；与其说是自信，不如说是审慎。尤其是，正直是他们的命运和独特的德行。摩西律法说："挪移邻舍地界的，必受诅咒。"[①] 把界石放置不当的人，是应该受到诅咒的。但那个不公正的法官，当他对土地和财产错判误判的时候，他才是为首的挪移界石者。一个不公平的判决所带来的伤害，超过许多不公平的例子。因为这些不公平的例子只不过是弄脏了溪流，而不公

① 见《旧约·申命记》第27章第17节。

平的判决则弄脏了源头。所以所罗门说："义人在恶人面前退缩，就好像踐浑之泉，弄浊之井。"（Fons turbatus，et vena corrupta，est justus cadens in causa sua coram adversario.）[①]法官的职责，可以关系到诉讼的双方，关系到进行申诉的辩护者，关系到在他们手下的法院职员，关系到在他们之上的君主或者国家。

第一，有关诉讼的案件或者双方。《圣经》上说："有些人把审判变成了苦艾。"[②]而且无疑，有些人还把审判变成了醋，因为不公正使得审判味道变苦，而拖延则使得审判味道变酸。法官的主要责任，就是抑制暴力行为和诈欺行为，在这二者当中，暴力行为在明目张胆的时候就更加有害，而诈欺行为在隐秘和掩饰的时候，就更加有害。此外再加上双方有争议的诉讼，此种诉讼应该是被摒弃的，因为它们令法庭要办理的案件过多。一个法官应该为公正的判决做好准备，就像上帝为自己排除障碍一样，那就是"填高山谷"和"削平山岭"。[③]所以无论哪一方如果有专横行为、言辞狂热的起诉、狡诈地占据了有利地位、互相配合的行动、影响力、大牌律师的情况出现，那么就可看出一个法官的才德，那就是使不平等变得平等，这样他就可以好像是在平地上做出判决一样。"扭鼻

① 见《旧约·箴言》第25章第26节。

② 当然这是比喻，苦艾喻指令人苦恼的事物。

③ 见《旧约·以赛亚书》第40章第4节："一切山洼都要填满，大小山冈都要削平。"

子必出血”（Qui fortiter emungit，elicit sanguinem.）[①]，葡萄压榨机如果运转过猛，所榨出的葡萄就是涩的，带着葡萄核的味道。法官们必须小心，不可硬做解释和进行牵强附会的推断，因为最糟糕的折磨，莫过于对法律的折磨。尤其是在刑法案件中，法官们应该注意，勿使本来意在警诫人民的法律变成苛严的工具。不可把《圣经》所说的那种网罗带给人民，《圣经》上说的是“他要向恶人密布网罗”（Pluet super eos laqueos.）[②]，因为竭力推行的刑法，就是在人民身上降下的“网罗”。所以刑法如果长期在睡眠[③]或者已经不适应于当前，那么明智的法官就应限制其实施：“法官的职责，就是不仅审查案件的事实，而且也要考虑到案件的时间和起因。”（Judicis officium est，ut res，ita tempora rerum，etc.）在生死攸关的案件中，法官在审判的时候，应该（在法律的允许之内）记住慈悲[④]，应以严厉的目光对事，但以慈悲的目光对人。

第二，有关进行申诉的辩护者或者律师。听讯时的耐心和严肃，是法官的一个绝对必要的职责，而一个说话过多的法官，就是一个声音不和谐的铙钹。法官把本来可以在恰当的时候从律师听来的事情自已首先发现之，或者过早打断证词或者律师的发言以表明

① 语见《旧约·箴言》第30章第33节。
② 语见《旧约·诗篇》第11章第6节。
③ 当然这是比喻，所谓长期睡眠，也就是长时间不起作用。
④ 所谓慈悲，也就是宽大处理。

自己的敏察，或者用尽管是相关的问题预先迎合由公诉人所提出的控告，这些做法都不足为训。在审讯时法官的职责有四：让证言集中于某一个问题；约束发言，勿使之过长、重复和漫无边际；对已经发表的言论中的影响定案的要点进行扼要重述、选择和核对；做出裁定或者判决。凡是超越上述的，都是过分；那或者是出于虚荣和好多言，或者是出于对听讯不耐烦，或者是出于记忆力差，或者是出于缺乏沉着而又稳定的注意力。辩护人的滔滔善辩竟能影响到法官的断案，这是一个奇怪的现象。然而法官应该仿效上帝，因为他们是坐在上帝的座椅上，而上帝又是“压制放肆的人”并“把天恩给予谦恭的人”的。但更为奇怪的是，法官竟会特别喜爱某些知名的律师，因为他们只能够造成费用的增加，以及人们对法庭受到间接影响的怀疑的增加。对于辩护人，法官是应该给予某些称赞和赞同，那是在案件的处理得当、申诉公平的时候。对败诉方尤其是应该如此，因为这在当事人的身上维护了他的律师的声望，并在他的心里打掉他对案件的自以为是的见解。如果出现了狡诈的律师、严重的疏忽、控告微不足道、鲁莽催逼，或者强词夺理的辩护的情况，则法官也同样应对公众尽到责任，对辩护人进行通情达理的指摘。不可让律师与法官顶嘴，也不可在法官宣布判决以后，让律师用巧妙的手段使案子得到再次处理。不过另一方面，法官也不可办案不彻底，也不可使当事人有理由说，他的律师的辩论或者证言没有得到充分的陈述。

第三，有关涉及法院职员的方面。司法的地方是一个神圣不可侵犯的地方，因而不仅是法官席，而且法官席所在的那个平台，以及以栅栏隔开的听众席，都应该保持没有丑闻和腐败。因为无可否认，正如《圣经》所说："荆棘上岂能摘葡萄呢？"[①]而且在由贪婪和巧取豪夺的法院职员组成的蔷薇和刺藤当中，正义也不能结出其甜美的果实来。法院职员易受到四种恶势力的影响，第一种是某些诉讼的播种者，他们使法庭膨胀，使国家憔悴[②]。第二种是那些使法庭卷入司法权之争的人们，他们并非真正是法庭的朋友（amici curiae），而是法庭的寄生虫（parasiti curiae），因为他们为了自己的小利和好处，而使法庭肿胀得越出了自己界限。第三种是那些人，他们可以看作法庭的左手[③]：他们充满了巧妙而又阴险的花招和手段，以此使法庭的明白而又直接的程序走向邪路，并把司法带到转弯抹角的路线和迷宫里去。第四种是费用的巧取豪夺者和强征者。这证明那种通常的比喻是有道理的，即法庭就像灌木丛，在天气恶劣的时候，绵羊逃进灌木丛躲避风雨，但又一定会失去一部分羊毛。而另一方面，一位年老的法院职员，他熟悉判例，在诉讼程序中保持谨慎，理解法庭的工作，他就是法庭的一个优秀的参与

① 语见《新约·马太福音》第7章第16节。

② 当然这是比喻，言外之意就是，法庭讼案越多，国家也就越穷。

③ 所谓左手（left hand），即反面，也就是说，这些人的所作所为，把法庭带到错误的一面。

者，并且往往向法官本人指出了道路。

第四，有关可能涉及君主和国家的方面。法官们尤其应该记住罗马的十二铜表法[①]上的结论："人民的幸福就是最高的法律。"（Salus populi suprema lex.）并且应该知道，法律若不服从于那个目的，也就只不过是吹毛求疵的东西，成了并没有很好地受到神的启示的神谕[②]。因而，国王和政府经常与法官商议，而且法官又经常与国王和政府商议，也就是国家的一大幸事。前者就是在法律的问题介入国家事务的时候，后者就是在国家要考虑的某些事务介入法律问题的时候。因为情况往往是这样，提出来进行裁决的事情可能是有关财产的问题，但其中所涉及的原则和后果，却可以推而广之，应用于有关国家的特殊事情上。我所称的国家大事，不仅仅指君权的各个组成部分，也指凡是带来任何巨大的改动，或者带来任何危险的先例，或者明显地与人民的任何大的部分有关的事情。谁也不应该无可奈何地认为，公正的法律与合理的政体会有互相抵触之处，因为它们就像精神和肌肉一样，是彼此与对方一起移动的。法官们也应该记住，所罗门的御座是由狮子在两边支持着的，法官们可以成为狮子，但又是位于御座的下面的狮子，

① 十二铜表法（Twelve Tables），亦称十二表法，是前451—前450年间颁布的罗马奴隶制国家的法律，它成为罗马法学的一个基础。不过这儿所引的话并不是引自该法律，而是西塞罗的话。

② 所谓神谕（oracle），也就是神对问题的回答，神谕没有受到神的启示，就不成其为神谕，也就成了妄谈。

他们应该谨慎小心，不去责难或者反对涉及君权的任何事情。法官们也不可对他们的权利如此无知，以至于以为对法律的明断的使用和应用，并不是他们的职责的一个主要的部分。因为他们可能记得使徒保罗有关一种比他们的法律更伟大的法律所说的话："我们知道，律法原是好的。"（**Nos scimus quia lex bona est, modo quis ea utatur legitime.**）[1]

[1] 语见《新约·提摩太前书》第1章第8节。

论愤怒

寻求完全熄灭怒火，只不过是斯多葛派学者①的大话。我们有更好的神谕："生气却不要犯罪。不可含怒到日落。"②愤怒必须在程度上和时间上都有个限度和受到限制。我们将首先谈到，怎样使产生愤怒的天生的倾向和习惯可以变得缓和和平静；其次，我们将谈到，怎样使愤怒的特殊的行动可以受到抑制，或者起码受到克制，而不至于惹祸；最后，我们将谈到，怎样使别人发怒或者息怒。

关于第一点，只有好好地沉思和反复思考愤怒所带来的后果，它是怎样给人的生活带来烦恼的，除此之外没有别的办法。这样做的最佳时间，就是在愤怒的发作彻底结束的时候，到那时再回想当时的情形。塞内加说得好："愤怒就像倾圮的建筑物，它是在塌落处自己垮掉的。"《圣经》则规劝我们"常存忍耐就必保全灵

① 斯多葛派学者（Stoics），亦称柱廊派学者，是古希腊哲学家芝诺的信奉者，认为美德弥足珍贵，人应具有理性，克制情感，坚忍苦修。

② 语见《新约·以弗所书》第4章第26节。

魂”[①]。不论是谁，只要失去了耐性也就失去了灵魂。人们不可面对着蜜蜂，“让自己的生命被蜇伤”。（animasque in vulnere ponunt.）[②]

愤怒自然是一种劣等性质，因为它最常出现在愤怒的王国里的那些臣民的弱点上[③]，那些人即孩子、女人、老人、病人。只不过人们必须注意，他们应该以轻蔑来承受愤怒，而不是以恐惧来承受愤怒，这样一来他们似乎并没有受到伤害。如果一个人肯在这件事上给自己定下一个法规，这就是一件容易做到的事情。

关于第二点，愤怒的原因和动机主要有三。首先，就是对受到伤害过于敏感，因为如果没感到自己受到了伤害，谁也不会愤怒。所以多愁善感而又感情细腻的人，也就必定经常愤怒，他们有这么多的事情令他们烦恼，而天性坚强的人则是难得意识到那些事情。其次，在那个情况中，对所带来的伤害所做出的理解和解释，就是认为那个伤害充满了轻蔑。因为轻蔑给愤怒带来的刺激，与伤害本身相比有过之而无不及。所以，当人们善于把轻蔑的情况给辨认出来的时候，他们也就极大地燃起自己的怒火。最后，认为自己的名声受到了影响或者攻击，也就加重和加剧了愤怒。在这一方面，补救的办法就是，应该像孔萨尔沃[④]所惯常说的，要拥有“一个用粗

① 见《新约·路加福音》第21章第19节。
② 这里的生命喻指灵魂，也就是说，不可让灵魂被蜇伤。
③ 当然这是比喻，愤怒就好比国王，他所统治下的臣民也就容易愤怒。
④ 孔萨尔沃（Consalvo），西班牙将军，卒于1515年。

糙的布做成的荣誉”（telam honoris crassiorem）[①]。但是在对愤怒所做的一切克制当中，最好的补救办法就是要赢得时间。要使自己相信，他的报复的机会尚未到来，不过他已预见到一个报复的时间了。而在这一期间，他就能使自己平静下来，暂不做出报复了。

若要使一个人虽然愤怒，但又克制住愤怒而不至于惹祸，有两件事情必须尤其小心。一是不可说出极端愤懑的语言，尤其是尖锐的和涉及个人隐私的语言，因为一般的诽谤（cummunia maledicta）也不至于如此；再则，在愤怒的时候也不可泄露秘密，因为这使得他不能合格地生活于社会。另外一件事情就是，不论从事何种工作，都不可在愤怒发作的时候断然中止，不管你怎样表现出愤懑，你都不可做出任何不可挽回的事情。

至于使别人发怒或者息怒，这主要依赖于选择时机，在人们最固执和心情最恶劣的时候去激怒他们。其次（如上所述），把你所能发现的一切事情都收集起来，以使那种轻蔑恶化。息怒的方法则与之相反，也有两点。首先就是要掌握时机，那就是什么时候第一次向一个人讲述一件生气的事情，因为第一印象是有分量的。其次就是把对伤害所做的解释，与轻蔑尽可能地分开，把那个伤害归因于误解、恐惧、强烈的情感，以及你愿意认为的任何原因。

① 当然这是比喻，粗布做成的衣服自然耐穿，粗布做成的荣誉，自然也就经得起影响或者攻击。

论事物的盛衰浮沉

所罗门说："人世间并无新事。"① 柏拉图有一种想象，认为"一切知识只不过是记忆而已"。同样所罗门也提出了他的见解，"一切新奇的事物都只不过是遗忘了的事情而已"。由此你可以看到，忘川② 的河水不但在地下流动，也在地上流动。有一位深奥的占星家说："有两个事情是持久不变的，一是恒星总是彼此位于固定的距离之外，既不走近，也不走远；另一个事情就是，恒星每日的运行始终是准时的，倘若不是这样的话，那就没有一个人能够维持片刻。"确实，物质是处于持续不断的变化之中，永不停歇。巨大的裹尸布把所有的东西都掩埋在湮没之中了，那些裹尸布有两种：洪水和地震。至于大火灾和大旱灾，它们并不会彻底消灭人类或者造成彻

① 参见《旧约·传道书》第1章第9节，"日光之下，并无新事。"

② 忘川（Lethe）是希腊神话中冥府的一条河流，饮其水即忘却过去的一切。

底的破坏。法厄同[①]的战车只不过跑了一天，以利亚[②]时的三年之旱只不过是限于一地，而且到最后人民仍然活着。至于西印度群岛经常出现的由闪电造成的大火，也只不过是范围狭小的。但是在那另外两种破坏当中，也就是由洪水和地震所造成的破坏当中，应该进一步注意到，那些幸而得以保全下来的残存的人民，通常是无知的山区人民，他们不能描述过去的时代。结果湮灭就是一切，就好像什么也没有留下似的。你如果仔细查看西印度群岛的人民的话，就会发现，大有可能的是，他们是比旧世界的人民既新而又年轻的人民。更有可能的是，迄今为止那里所发生的毁灭，并不是由地震所造成的（例如有关亚特兰蒂斯岛[③]，那位埃及祭司就告诉梭伦，“它被一场地震吞没了”），而是一场局部的大洪水造成了一片荒芜。因为地震在那些地方是少见的。但另一方面，他们却有汹涌倾泻的河流，与之相比，亚洲、非洲和欧洲的河流只不过是溪流而已。他们的安第斯山脉，同样也比我们这儿的那些山脉高得多。由此可以想见，似乎那一代残存的人们，是在一场这样的大洪水中被拯救出来的。马基雅弗利评论说，宗教派别的嫉妒在很大的程度上熄灭了

① 法厄同（Phaethōn），希腊神话和罗马神话中的人物，是太阳神赫利俄斯（Helios）之子，驾其父的太阳车狂奔，险使整个世界着火焚烧，幸而主神宙斯见状用雷将其击毙，使世界免遭此难。

② 以利亚（Elijah，亦作Elias），《圣经》人物，前9世纪以色列的先知。“三年之旱”见《旧约·列王记上》第17、18章。

③ 亚特兰蒂斯（Atlantis），传说中的岛屿，据说位于大西洋直布罗陀海峡以西，后沉于海底。

对事物的记忆。他诋毁格列高利一世[①]，说他曾利用他的权力，毁灭了异教的所有古昔文物。就他的这个评论而言，我并没有发现那些狂热能够造成任何巨大的效果，也没有发现那些狂热能够长久持续。例如，在萨比尼埃纳斯[②]即位以后，他确实恢复了旧时的文物。

天国里的变迁或者变化，绝非适合于当前争论的问题。可能的情况是，如果这个世界能够延长到那么长久的话，那么柏拉图的"大年"[③]就会产生某些效果；那并不是在于使相同或者类似的个人的状态得到更新（因为这是那些人的不现实的空想，他们设想，各个天体对人间的这些事情所产生的影响，比它们的实际影响更为精确），而是大体上得到更新。毫无疑问，彗星对一般的大多数事物具有同样的影响力和效果。但是人们只是凝视着彗星，注视着它们的运行，而不是明智地观察它们的效果，尤其是它们的不同的效果。也就是说，就大小、颜色、光柱的旋转、在天空中的位置，或者持续的时间而言，是哪一种彗星产生了那一种效果。

我曾经听到一件小事，我不想让人们把它抛弃，而是想让人

---

① 格列高利一世（Gregorius I，约540—604），罗马教皇，集中教廷权力，建立教皇领地，整顿神职纪律，改革礼拜仪式，主持编定《格列高利圣咏》，为中世纪罗马教皇制奠定了基础。

② 萨比尼埃纳斯（Sabinianus，亦作Sabiniah，？—606），罗马教皇，于604年继承格列高利一世的教皇职位，在位时异教重新得到流行。

③ 所谓柏拉图的"大年"（great year），指的是所有的天体经过运行，来到世界之初时它们所在的地方，所需要的时间。

们予以注意。据说在低地国家[①]里（我不知是低地国家的哪一个部分），每过三十五年，种类和次序相同的年成和气候就要再次产生，例如大冰冻期、大涝期、大旱期、暖冬、凉夏，等等。而且他们将其称为最初时期（Prime）。这是一件我尤其要提及的事情，因为在往回推断的时候，我发现了在时期上有某些巧合或者相符之处。

不过现在且离开这些自然界的事情，转而谈论人。在人当中的最大的盛衰浮沉，就是教派和宗教的盛衰浮沉，因为那些天体[②]在人们的头脑中起着最大的支配作用。真正的宗教是“建造在磐石上的”[③]，其余的宗教则是在时间的波涛里颠簸着。所以要由我来谈一谈造成新的教派的原因，并且有关那些原因提出一些忠告，那就是人的薄弱的判断力，能够在什么程度上阻止如此巨大的变革的进程。

当原先被普遍接受的宗教被争论所分裂，当公开宣布其宗教信仰的虔诚的人腐败了并充满了丑闻，此外那又是一个愚蠢、无知而又野蛮的时代，若再有夸张诡异之人起而倡导，你就可以预料，一个新的教派就有可能涌现出来。穆罕默德宣布他的律法的时候，正是具备了上述诸点。如果一个新的教派没有两种性质的话，那就不

---

① 低地国家（Low Countries），指西欧的荷兰、比利时、卢森堡三国。

② 那些天体指教派和宗教，这当然是比喻。那些天体（orbs），也就是古希腊天文学家托勒密的天动说中的最外层天体（Primum Mobile），引申意义是行动或者运动的主因、原动力。

③ 语见《新约·马太福音》第16章第18节：“我告诉你，你是彼得，我要把我的教会建造在这磐石上。”

用害怕它，因为它不会传播开来。一个性质就是，取代或者反对已经确立的权威，因为最得人心的莫过于此了。另外一个性质就是向享乐和纵欲的生活大开绿灯。因为就纯理论的异端邪说而言（例如古代的阿里乌派[①]，以及现在的阿米尼乌斯派[②]），尽管它们对人们的头脑产生很大的影响，然而它们却不能在国家里产生任何大的改变，除非借助于政治上的时机。新的教派得以创立的方式有三种：依靠异兆和神迹的力量，依靠雄辩而又聪明的演说或者劝诱，依靠武力。至于殉教的行为，我认为它们是神迹，因为它们似乎超出了人性的力量，而且特优至美且又令人钦佩的生活，我也可以把它们列在神迹之内。欲阻止新的教派和派系的兴起，想必最好的办法莫过于革除弊端，使小的分歧得到妥协，待人温和而不是给以血腥的迫害，并且通过说服和提拔主要的发起人的方法来把他们除掉，而不是用暴力和严酷去激怒他们。

在战争中的变化和变迁为数众多。但主要是表现在三件事情上：在战争的场所或者战场上，在武器上，在战争的实施方式上。

① 阿里乌派（Arians），4世纪时由阿里乌所创立的一个教派。阿里乌（Arius，约250—336），古代基督教神学家，他的学说在325年的一次宗教会议上被定为异端。

② 阿米尼乌斯派（Arminians），荷兰基督教新教神学家阿米尼乌斯（Jacobus Arminius，1560—1609）所创立的一个教派。阿米尼乌斯反对加尔文派的预定论。

古时候的战争似乎更多的是由东至西，因为波斯人、亚述人[①]、阿拉伯人、鞑靼人（他们都是入侵者）都是东方人。固然高卢人[②]是西方人，但我们从书中得知的他们的侵犯只有两次：一次是入侵加拉提亚[③]，另一次是入侵罗马。但是东方和西方并不是在天空中由特定的星给指了出来[④]，因而战争不论是从东方还是西方发起，都不能确定地观察到。但北方和南方是固定的。南方人侵略北方人的情况是很少见或者从未见到，而北方人侵略南方人则是屡见不鲜。由此可见，地球的北部地带在本质上是更为好战的地区，这或许是由于那个半球的星宿的缘故，或许是由于位于北方的那个大洲的缘故。而南部，据人们所知，几乎全都是海洋。或许是由于北部地区的寒冷，即使不用求助于磨炼，那种寒冷也使得身体最强壮，勇气最热烈（这是最显而易见的）。

在一个伟大的国家或者帝国分裂和颤抖[⑤]的时候，也就一定会有战争。因为伟大的帝国在强盛的时候，也就依赖它们自己的进行

---

① 亚述（Assyria），古代亚洲西南部的一个奴隶制国家，在公元前750至公元前612年之间强盛一时。

② 高卢（Gaul），古代欧洲西部的一个地区，包括今日的法国、比利时、卢森堡，以及荷兰、瑞士、德国和意大利北部的部分地区；曾为古罗马帝国的一部分。

③ 培根的原文是Gallo-Grecia，即加拉提亚（Galatia）。加拉提亚是小亚细亚中部的一个古国，位于今日的土耳其境内，公元前3世纪高卢人殖民于此。

④ 也就是说，这与北方的情况不一样，北方是固定的，并且由北极星给指示了出来。而所谓东方西方，则是相对而言。

⑤ 颤抖，是修辞中的拟人。

保护的力量，把它们所征服的土著人的力量削弱和消灭了。而当它们也衰败了的时候，一切也就归于没落，它们也就成了被捕食的动物。罗马帝国的衰亡就是如此。同样在查理大帝[①]以后的日耳曼帝国里，每一只鸟都被夺去了一根羽毛。而且西班牙一旦分裂，其情况也不会有什么不同。国土的巨大增加和国家的大合并同样也挑起战争。因为当一个国家成长为一个过于强大的国家的时候，它也就像一场一定会泛滥的大洪水一样，这一点已经在罗马、土耳其、西班牙诸国中看到了。在世界上的野蛮民族最少，而且那些野蛮民族又只有在掌握了生计的情况下才结婚或者生育（到今天各地的情况几乎都是如此，鞑靼地方[②]除外），也就没有人口过剩[③]的危险。但如果人口数量众多，而且那些数量众多的人口又继续变得稠密，却没有对生活的手段和生计未雨绸缪，那么必然的情况就是，在每过一两代以后，他们把他们人民的一个部分移送到别的国家去。古时候的北方人通常是用抽签的办法来这样做的，他们抽签决定哪一部分人应该待在家里，哪一部分人应该离家寻找发迹的机会。当一个本来好战的国家变得柔弱而又无男子汉气概的时候，就一定会有人与

① 查理大帝（Charles the Great，即查理曼， Charlemagne，约742—814），法兰克王国国王（法兰克人是日耳曼人的一支）、查理曼帝国皇帝，扩展疆土，建成庞大帝国，加强集权统治，鼓励学术创造，兴建文化设施，使其宫廷成为繁荣学术的中心。

② 鞑靼地方（Tartary），指中世纪时受蒙古人统治的自东欧至亚洲的广大地区。

③ 原文是inundations of people，直译则为人口泛滥成灾。

之交战。因为一般说来这样的国家在衰退的时候，也就是富裕的时候。所以他们的富裕诱使别人为获得战利品而向他们发动战争，而他们的勇气的衰退又鼓励别人向他们发动战争。

至于武器，那几乎是无法定论的。然而我们看到，甚至武器也变化无常。因为确实，在印度的奥克西德雷克斯城早就有了火药，那就是马其顿人称之为雷电和魔法的东西。而且人所共知，火药在中国的使用已超过了两千年。武器的条件和改进有三点：首先，要能及远，因为这可免除危险，这一点在大炮和火枪中就可看出。其次，打击的力量要大，在这一点上大炮同样也超过了一切攻城槌和古代的发明。最后就是，武器应使用便利，例如可以在任何气候使用，搬运轻便而且易于操作，等等。

至于战争的实施：起先，人们对于战争，在极大的程度上是依赖于兵力的数量，而且也同样取决于主要的兵力和勇气，预定下日子进行对阵战，在兵力平等的条件下决一死战，而对于排兵布阵一无所知。后来他们知道兵贵精而不在于人数多，并渐渐懂得利用地形、狡诈的佯攻等，而且在排兵布阵上也更讲究技巧。

一个国家在年轻的时候，战争处于活跃状态；在中年的时候，学术处于活跃状态；然后战争与学术共同活跃一段时间；而一个国家在衰老的时候，则是机工行业和商业处于活跃状态。学术有其幼年，那时学术只不过刚刚起步，几乎是幼稚的；然后是其青年时代，那时学术生长繁茂，富有青春气息；然后是学术的壮年，那时学术是扎实精深的，又是在一定的范围之内；最后是学术的老年，那时学术就变得干巴巴而又枯竭。但是时间过长地观看盛衰浮沉的这些转动着的轮子是无益的，那会看得头晕目眩。至于有关这些盛衰浮沉的历史记载，那只不过是一套循环的故事，因而不在本文的探讨之列。

论谣言（片段）

诗人们把谣言描绘成了一个怪物。他们对它的描述，在某种程度上是优美而又典雅的，在某种程度上又是严肃而尖锐的。他们说：“瞧呀，它有多少根羽毛呀，羽毛之下又有多少只眼睛呀；它有这么多的舌头，这么多的嗓音；它竖起了这么多只耳朵。”

这是一种渲染，随之而来的是非同凡响的比喻。例如，谣言在行走之中获得力量；它走在地上，然而却又把头藏在云雾里；白天它坐在一个瞭望塔里，而到了晚上则飞个不停；它把已做的事情和未做的事情混在一起；而且它给大城市带来了恐怖。但最为精彩的比喻却是，诗人们描述说，巨人们的母亲大地向朱庇特开战，又被朱庇特所消灭，于是便在愤怒之中把谣言生出来了。因为确实，以巨人们为代表的那些反叛分子，以及煽动性的谣言和诽谤，他们只不过是兄妹而已，是男性和女性而已。但是，如果一个人能够驯化这个怪物，让它就食于掌心，并且控制它，用它去攻击别的食肉性鸟类并杀死它们，那也是多少值得一做的事情。不过我们已经被诗人们的风格所传染了。现在且以一种严肃而又认真的态度来谈一谈：在一切政治学当中，最少被论及的是谣言的政治学，而最值得论及的也是谣言的政治学。因而我们将谈到如下几点：什么是假谣言，什么是真谣言，又怎样把它们分辨开来；谣言是怎样播种和成长起来的，又是怎样散布和增多的；可以怎样抑制和消灭谣言；以及有关谣言的性质的别的事情。

谣言具有非常大的力量，它没有在其中起到重大作用的伟大行动，可以说是绝无仅有，尤其是在战争当中。缪西阿努斯用他所散布的一个谣言毁灭了维太利乌斯[①]，他说，维太利乌斯有意把驻叙利亚的军团调到日耳曼，而把驻日耳曼的军团调到叙利亚，因此驻叙利亚的军团就怒不可遏。尤利乌斯·恺撒是攻庞培于不备，用一个他狡诈地散布出来的谣言，使庞培的勤奋和防备松懈了下来。那个谣言就是，恺撒自己的士兵已经不爱他了，而且由于他们对战争厌倦了，又满载着从高卢获得的战利品，因而他一到意大利他们就会抛弃他。利维亚不断地散布谣言，说她的丈夫奥古斯都的御体正在康复和改善，从而为她的儿子提比略的继位解决了一切问题。土耳其

① 缪西阿努斯（Mucianus），罗马名将和著作家。维太利乌斯（Vitellius，15—69），原是驻莱茵河地区的古罗马军团司令，公元69年打败罗马皇帝奥托，受手下士兵拥戴而称帝，但旋即被韦斯巴芗打败，韦斯巴芗遂成为古罗马弗拉维王朝的创立者。参见《论死亡》《论作伪与掩饰》中的注释。

的帕夏[1]们的惯例是，对禁卫军士兵和其他的军人隐瞒苏丹的死讯，以免他们对君士坦丁堡和别的城镇进行洗劫，那些禁卫军和其他军人往往是在苏丹死后便洗劫君士坦丁堡和别的城镇。地米斯托克利宣布，希腊人有意要毁掉波斯王薛西斯[2]所建的横跨赫利斯邦特海峡[3]的舟桥，于是薛西斯便匆匆离开了希腊。这样的例子有上千个。而且这样的例子越多，也就越没有必要重述，因为这样的例子随处可见。因而，所有明智的统治者都应该密切留神和关注谣言，就像密切留神和关注真正的行动和阴谋一样。（此篇未完）

---

① 帕夏（bashaw，亦作pasha），旧时奥斯曼帝国和北非高级文武官员的称号。

② 薛西斯（Xerxes，约前519—前465），即薛西斯一世，波斯帝国国王，镇压埃及叛乱，率大军入侵希腊，洗劫雅典，在萨拉米斯大海战中惨败，晚年深居简出，在宫廷阴谋中被杀害。

③ 赫利斯邦特海峡（Hellespont），即达达尼尔海峡（Dardanelles），在亚洲小亚细亚半岛同欧洲巴尔干半岛之间。